风起江南

陆春祥／主编

无夏之年

张梓蘅

著

文汇出版社

图书在版编目（CIP）数据

无夏之年 / 张梓蘅著. -- 上海：文汇出版社，
2023. 12
　　ISBN 978-7-5496-4176-5

　　Ⅰ.①无… Ⅱ.①张… Ⅲ.①散文集-中国-当代
Ⅳ.①I267

中国国家版本馆 CIP 数据核字（2023）第 256594 号

无夏之年

著　　者／张梓蘅
责任编辑／熊　勇　邱奕霖

出版发行／**文匯**出版社
　　　　　上海市威海路 755 号
　　　　　（邮政编码 200041）
经　　销／全国新华书店
印刷装订／四川科德彩色数码科技有限公司
版　　次／2024 年 3 月第 1 版
印　　次／2024 年 3 月第 1 次印刷
开　　本／880×1230　1/32
字　　数／204 千
印　　张／7.5

ISBN 978-7-5496-4176-5
定　　价／48.00 元

我们将整个世界视为自己的花园

陆春祥

1

这里是富春江畔、寨基山下的富春庄，地图上却没有。进大门，过照壁转弯，上三个台阶，两边各一个小花岛，以罗汉松为主人翁，佛甲草镶岛边，杂以月季、杜鹃、丁香、朱顶红、六月雪等，边上，就是一面数十平方的手模铜墙。

墙上方主标题为：我们将整个世界视为自己的花园。

小说家，诗人，散文家，报告文学作家，文学评论家，这些作家，有的已入耄耋，有的则刚过不惑，手模有大有小，按得有浅有深。经常有参观者这样对我说：看这位作家的手模，手指关节硬，粗大有力，应该是工人或者农民出身；看那位作家的手模，手指细小，浅纹单薄，应该是个没有劳动过的知识分子。我往往惊叹，谁说不是呢，手模不就是作家的人生嘛。五十五位作家的铜手模，在正午的阳光下，会发出耀眼的光芒，看模糊了，再看，那些手模，竟然纷繁如灿烂的花朵一样。

所有的优秀写作者，不都是将整个世界视为自己的花园吗？

话说回来，既然是花园了，那还不得草木茂盛？

现在富春庄，建筑面积一千多平方，花园也有一千多平方。植物是花园的主角。它们就像挤挤挨挨的人群，只是默默无语罢了。除前面提到的一些外，还有山茶花、红花继木、榔榆、海棠、红梅、鸡爪槭、枸骨、竹子、青艾、芍药、六道木、菖蒲等。比如我住的 A 幢旁边计有：海桐、枸骨等灌木，月季花，杜鹃，墙角的溲疏、绣球花、萱草，一棵大杨梅树，萼距花，菊花，迷迭香，南天竹，石竹，黄金菊，水鬼蕉，朱蕉等，林林总总，竟然有百余种。如果有时间，真的很想写一本《富春庄植物志》，我眼中，它们都是山野的孩子。

春夏季节，草木们似乎都在比赛，赛它们的各种身姿。那些花们，熬过秋冬，在春天争艳的劲头，绝对超过小姑娘们春天赛美时与别人的暗中较劲，而四季常青的雪松、冬青、枸骨们，则显得极为冷静，它们就如村中那些见惯世面的长者，默默地看着身边的幼稚，时而会抚须微笑一下。时光慢慢入秋，前院后院那些鸡爪槭，我叫它们枫树，则逐渐显现出它们无限的秋意，细碎的红，犹如一把把大伞撑开，那些春季里曾开出过傲慢花朵的低矮植物，此时都被完全遮蔽。其实，鸡爪槭们春天绽放出铜钱般的细叶，也令我无限欢喜。

无论是花的热烈、浓香，抑或是树的成熟、伟岸，草木们其实都寂然无声，有时经过树下，一张叶子会轻轻搭上你的肩头，那也是悄无声息的。不过，我眼中，每一种植物，都有蓬勃与盎然的生命，它们既是我的陪伴者，也是我的观察对象，我知道，它们都有独特的生命演化史，也有自己的生存与交流语言，虽非常隐晦，或许人类根本观察不到，我却认为一定是意味深长的。

淳熙十一年秋，退休后的陆游在家乡山阴满地跑，那些与他相视而笑的植物，不少被他收入诗囊中。比如《剑南诗稿》卷十六的《山园草木四绝句》，紫薇（钟鼓楼前宫样花，谁令流落到天涯），黄蜀葵（开时闲淡敛时愁），拒霜（木芙蓉，何事独蒙青女力，墙头催放数苞红），蓼花（数枝红蓼醉清秋）。一路行，一路观，借植物既抒感情，也言志向，信手拈来。

今日清晨，经过小门边，忽然发现，围墙上的月季太张扬了，花朵怒放，铺天盖地，想霸占周围的一切领地，立即戴上手套，收拾它一下，我只是想让被遮盖的绣球花们，呼吸顺畅一些。我希望庄里的植物们，与天与地与伙伴，都能默契，共生共长。

2

我们将整个世界视为自己的花园。

这个标题中有三个关键词。

"我们"。是主角，是观察的人，是写文章的人，但仅仅是我们吗？

"我们"还是"他们""你们"。"他们""你们"，是没写文章的绝大多数，是阅读者，是倾听者，是家人，是朋友，"他们""你们"构成了这个社会的主体，而"我们"，只是极少数表达者。

"我们"还是"它们"。"它们"，是动物，天上飞的，地上跑的，水中游的，脊椎，无脊椎，形形色色；是植物，有种子的，无种子的，种子有果皮包被的，无果皮包被的，有茎叶，无茎叶，一片子叶，两片子叶，有根的，无根的，琳琅满目。"它们"以自己的方式交流、对话、思考，"我们"观察"它们"，"它们"也同样与"我们"对视。"我们"与"它们"同属一个星球，同享一个太阳，共照一个月亮，"我们"与"它们"，其实在同一现场。1789 年，英国博物学家吉尔伯特·怀特在《塞尔彭自然史》中这样说：鸟类的语言非常古老，而且，就像其他古老的说话方式一样，也非常隐晦。言辞不多，却意味深长。

"整个世界"。是重要的辅助，是"我们"的观察对象。世界之大，无奇不有，写作者要寻找的就是这个"奇"字，"奇"乃不一样，奇特，奇异，怪异。奇人，奇事，奇景，总能让"我们"兴奋，激动，灵感爆发。

这个世界说大也大，说小也小，千变万化，"奇"也复杂，那些表面的"奇"，一般的人也能观察到，但优秀的探索者，往往能将十几层的掩盖掀翻，从而发现自己独特的"奇"。不奇处生奇，无奇处有奇，方是好奇、佳奇。

"自己的花园"。有花就会有园，你的，我的，他的，关键是"自己的"。一般的写作者，很难形成自己的花园，东一榔头西一棒，学样，跟风，别人家的花长得好，自己也去弄一盆，结果，东一盆，西一盆，南一盆，北一盆，表面看是花团锦簇，细细瞧却良莠不齐。其实，植物的每一种生动，都有着各自别样的原因，个中甘苦，只有种植人自己知道。

契诃夫说世界上有大狗小狗，它们都用上帝赋予自己的声音叫唤。那么，"我们"，面对"整个世界"，就照着自己的内心写吧，脚踏实地云写，旁若无人地写，春种一粒粟，秋收万颗子，直到"自己的花园"鲜花怒放。

3

风再起江南，这个系列的第三季，又朵朵花开。

这数十位"我们"，皆将整个世界视为自己的花园。

"我们"是，王楚建、桑洛、林娜、陆咏梅、郑凌红、陆立群、陈羽茜、张梓蘅、张林忠、黄新亮、金坤发、金凤琴。

王楚健的《墨庄问素》，肆意行走，勉力挖掘，与山水互为知音，将草木与风景赋予精魂和魅力，并与深厚的人文精神相交融，写人，写事，写物，均古今勾连，字里行间蕴聚了灵性与内涵，文章蓬勃生动，气象万千。

桑洛《一兜子的时光》《总有一缕阳光温暖你》，他一直在追逐着光，他的足迹遍及浙江大地、中国大地，甚至世界大地。人满世界飘，内心却沉静，文字也随之简洁、句式简短，散散的，疏疏的，干净朴素，思维随时跃动毫无拘束，行走时不断碰撞出的火花也不时闪现，思想的芦苇，时而摇曳。

林娜的《醉瑞安》，是一个游子的近乡情怯，亦是一个游子的乡愁总爆发，故乡的人事，故乡的风物，故乡的山水路桥，故乡的角角落落，故乡的任何一处，都会将她的激情点燃，继而汹涌澎湃。故乡即旷野，她在旷野上矫健奔跑。

陆咏梅的《今夜月色朦胧》，在深夜，细数家乡的菜园子，一页一页翻寻，一帧一帧浏览，幸而，已镌刻在心灵的图籍上。漂泊异乡的游子，能做的，就是翻寻昨日残存的记忆，刻下一个历史的模子，留给孩子。然后，修筑心灵的东篱，让童年的骊歌落下。

郑凌红的《红尘味道》，食物的讲义经久不散，不同的食物，就像人生的一面面镜子。青蛳的气质，可以作为清廉的美食代言人。它在岁月的历练与淘洗中，成了家乡味道的外溢，糅合了岁月和人间烟火的智慧，构成与天下食客人生轨迹交融的一部分。

陆立群的《不惑之光》，在一路的冥想中，走过了孩提、少年、青年、中年，所失与所得，都交还给了时间。记忆与现实，皆需要用脚步去抵达。人生的意义，是各自按审美织就的波斯地毯，季节会带来新的风景。只有那些剩余的梧桐，有着最深的记忆，时而繁盛，时而萧索。

陈羽茜的《壹见》，读小说，读诗歌，读散文，观影剧，看评论，作者博览群书，徜徉在文学的海洋中，肆意吸吮，天上地下，古今中外，人事物事，林林总总，就如一只辛勤的蜜蜂，繁采百花，进而酿出属于自己的蜜。大地上的炊烟，弥漫着经久不息的诗情。

张梓蘅的《无夏之年》，多棱镜般的世界，驳杂的人生，眼花缭乱的影像，羞涩的行走，温暖的过往，少年用她纯净而清澈的双眼观察社会、人生及她所遇到的一切，她在阅读中寻找自己的快乐，她在表达中呈现稚嫩中的成熟，优美与识见如旭日般升起。

张林忠的《杭州唯有金农好》，作者横跨书法、评论、作家三界，将"扬州八怪"核心人物金农作了多角度全方位的探索。金农的人生、学问、艺术根基，寻求仕途的渴望，终无所遇，却在另一个王国里创造了自己的辉煌。一个立体的金农，栩栩如生地伫立在我们眼前。

黄新亮《心中的放马洲》，故乡的风物与山水，一物一事，一草一木，皆心心念念。领悟百味人生，玩赏沿途风景，畅游浩繁书海，质朴的表达，真挚的感情。在大地上不断寻找，于细微处探微求知，白云悠悠，满山青翠，富春江正碧波荡漾，春正好！

金坤发的《会站立的水》，在不经意的小小遭遇里，水并不单是谦虚的化身，它还充满着神奇与积极向上的进取精神。只有当它融入另一种生命，它才能让万物苏醒，让垂危的生命出现转机。它在每个生命背后都默默地站立与护佑，世界因此处处万紫千红，生机勃勃。

金凤琴的《唱给春风听》，酸甜苦辣，喜怒忧恐，像极了音乐中的七个音阶，生活中的零零碎碎丝丝缕缕，其实是可以谱成一首首声情悦耳小曲的。所有过往，皆为序章，时光，情愫，心态，温馨的，忧伤的，细细的，淡淡的，一曲一曲，都悠悠地唱给春风听。

4

画作永远没有风景精彩，无论多么优秀的作家，都做不到百分百还原繁杂多姿的生活，写作就是一场漫长的修行。我们将整个世界视为自己的花园，梅花三万树，园中春深九里花。

癸卯腊月十八
富春庄

（序者为中国散文学会副会长、浙江省散文学会会长、鲁迅文学奖得主）

即便大多数人宏观上在同一条道路上行走，但是每个人都有着自己独一无二的微观世界。他们也有着自己的生活、爱好或是梦想，这些微光会带给他们前行的勇气，所以大家才能继续勇敢地走下去。

　　这也许才是我看到的、想用文字去描摹的那个世界。

内容简介

　　《无夏之年》是一本散文集，汇聚了作者中学以来的习作新篇。全书分为四卷，"背影"是作者触碰过的犹存温暖的过往；"面孔"以旁观者的视角感知他人的纹路；"入神"记录了一些专注的思考，关乎历史、器物与阅读；"走神"则是一些游走如梦呓的创作尝试，处处可循对美学或许尚且青涩的追求。

目录

CONTENTS

引　言

　　生活是一束阳光折射在纹路复杂的玻璃，有空的时候就可以试着拨动一下它。这个动作没法改变生活的形状，但是你能获得许多从未见到过的奇异光彩。

我正沉醉于这分美景，恍然醒来才意识到自己已经与那座城堡、与幼时站在城堡脚下抬头踮脚盼望的自己隔了一湾这样宽阔的湖。无论对于故乡的牛肉面还是镜湖畔，现在的我都是隔着时间的长河在远眺。

这条河还在不断流动着，将我送往更加遥远而未知的未来，同时也并不吝啬于让我重温对岸的绚烂风景。

卷一

背影

∨
∨
∨
∨

龙游风味馆

我其实并不喜欢这家店。

破旧掉色的店面，用最没有创意的红色黑体字印上去的"龙游风味馆"五个大字。屈身于一个小小的巷子，有时候走进去要横跨一条洗碗水的河流。环境很嘈杂，白瓷砖的地板早就灰溜溜，永远放着新闻或者动画片的小电视像素很低，过度细微的声音淹没于隔壁桌敬酒闲谈的百态喧嚣，总是被生日和聚会包办的唯一包厢和看上去就不那么干净的桌面。

那时候我刚到杭州，第一次离开故乡，在搬家公司的大车上酣睡一场，醒来以后就看见一片不认识的街区，车流转角以后高沙路的大超市，超市门前广场上立着的充气淘气堡。

一只很大的米老鼠立在经典的充气滑梯高高的顶上，那里面全是和我年纪相仿的小孩，但他们都不再是故乡的人。

那时我四岁。我坐在妈妈腿上，身边就是爸爸，三个初来乍到的人怀着截然不同的心情看到截然不同的东西。我们都在笑。

这是我们即将生活的城市。我们租下的房子就立在那个大超市的对面。大趄市面前的广场上有一座淘气堡。

那座淘气堡上的米老鼠一会儿漏气一会儿又立起来，它在向我招手，它问我要不要去玩。

去啊，当然去。

于是这个淘气堡成了我来到杭州的第一站，我乐得对着这座崭新的、我从那时开始一直生活到现在的城市肤浅地告白。

"杭州，我爱你！"

搬到杭州那天我们是下午抵达的，我玩了半个小时的淘气堡，爸爸妈妈收拾了一下午的行李，晚上我们一起精疲力尽地坐在床上，我觉得困了，站起来回头看着他们。

"妈妈，我们回家吧。"

我们当然没有回故乡余温未散的那个家。

这个新的家被我们一点点焐热，变成了一个新的家。那座淘气堡就像是为我而来一样，欺骗了四岁的我的感情，第二天就扬长而去，从此再也没有出现。那以后我们就住在了高沙。

高沙商业街的美食是很出名的，于是我们开始在闲暇拜访这些有名或没名气的店铺。大到麦当劳和豆浆大王，小到龙游风味馆。

那个时候我还不知道龙游是什么，还会把千岛湖读成干乌湖，但是我就是不太喜欢这家店。

它在超市和麦当劳后面的那条巷子里，不深不浅，并不很显眼，以至于蒙上它的招牌或许就不再能找到它。

但是爸爸最喜欢的就是这家店。他爱它的剁椒鱼头、秘制烤鱼、农家土烧鱼、招牌酸菜鱼、炒笋干、番茄牛腩。之所以爱这么多种鱼是因为龙游风味馆的生意并不差，所以最经典的剁椒鱼头总是售罄。老板娘是一个很好客、很爱笑的女人，见到爸爸就会平翘舌不分地叫"老斯，老斯"。剁椒鱼头售罄了，就会给他推荐各种各样其他的鱼，有几次还推荐他去后一个巷子里她弟弟开的"龙游鱼味馆"。爸爸去了几次没再去，后来鱼味馆也就倒闭了。爸爸说老板娘的手艺是学不去的，这是仅此一家的经典。

它和很多没名气的小店一起，做着同一批顾客的生意，日复一日续写着各自的故事，有的火热，有的倒闭。

刚到杭州的时候不知道去哪里上幼儿园。爸爸就职的大学附属的幼儿园太远，我们又没有车。附近最好的公办幼儿园，又因为不是"一表生"进不去。我只好在家里蜗居好几个月，翻找着电视里很多不太著名的动画片，把十二生肖认了个遍。那时候成天在高沙混日子，妈妈闲下来带着我去楼下便利店买点零食可以高兴很久，有时候也会买一把巴掌大的能发光的宝剑，按下塑料的按键有咻咻的响声。但不舍得多按，生怕它坏掉。

大概是因为忽然变成失学儿童引起了始作俑者的愧疚，在并不稳定的经济条件下，我也还是经常受到一些无理由的讨好。比如，动画片里出现的那些角色的武器模型都逐渐被爸爸买了回来，比如，当高沙小区里骑自行车串巷子的小孩越来越多时收获的一辆崭新的自行车。

那会儿的我虽然热爱宝剑和武器，倒也有一颗未泯的公主心，因此一家三口去商场的儿童自行车专卖区时，粉紫色的公主车变得格外瞩目。它们都有着闪闪发光的装饰，气场相当。

然而最后我带回家的是一辆男款的红色米奇：那种此后在高沙商业街威风凛凛串巷子的时候隔三岔五就会和小男孩撞款的标准男童车。它是爸爸看中的，他说这种更结实，也能用更久。

事实证明他是对的。我直到今天为止仍然只拥有过那么一辆属于自己的自行车——当然，也可能是日后共享单车的风靡一时所致。

常纠缠着爸爸妈妈追问什么时候能去上学，当时他们也一直奔波于附近的幼儿园。

妈妈从一家简陋的私立幼儿园开始，理由是近。可是她刚进去不久就仓皇离开了。她正赶上午休，没想到那些孩子竟都是在像柜子的地方睡午觉。而且这所幼儿园的学费甚至还贵得让她快要负担不起。

她走在楼与喧嚣之间，楼的外部攀附着一楼很多家小餐馆的巨大铁皮烟囱，她想起这烟囱导致家里的抽油烟机打开反而味道更重，想起抛开安宁生活闯进大城市这个对错模糊的选择，想起夜里窗帘后面的惘然，她想起我。

而我趴在床上看电视，窗的外面是阳光。我想起便利店里巨大的波板糖。

后来一个拆迁户开着当年很流行的马6拉风地同意接送我上幼儿园，于是爸爸妈妈终于决定把我送去了爸爸就职大学附属的那所车程40分钟的幼儿园。

结果那拆迁户就是个坑。他拉风了一周就失去耐心扬长而去，从此我只好起大早坐 B 支 4 公交车上幼儿园。

于是我和爸爸一起站在清晨的公交站台上。他拎着我很小的书包。街道和高楼后面藏匿着车鸣鸟叫，我们一言不发地探着身子向马路深处望，手里攥着带薄汗的硬币。

高沙路的清晨安宁地忙碌着，马路对面的大广告牌上有经久的"宜居　宜业　宜学"六个大字，牌子下面是数之不尽的从全国各地赶来拼搏的人，以及爸爸和跟着爸爸的我。

杭州的人素质普遍是高的，大清早搭公交车的都还带着困倦和强烈的想补觉又怕坐过站的情绪，可是如果爸爸抱着我上车就一定会有人让座，是那种无法拒绝的好意。爸爸不忍心这些大学生或是年轻人为让座站起来，所以后来我们就自己带把小马扎——爸爸也不忍心我站一个多小时的公交车。

放学就在爸爸学校或者教室里等他。很晚下课以后坐公交车回来，偶尔打到出租车也是一种莫大的幸运。

也有一次打到的出租车不知经历了什么，后座居然有不少的蚂蚁。我坐在爸爸腿上幸而免难，到家以后爸爸突然发现他从车上带下了很多错站的乘客，哭笑不得。

可那是一个没有网约车的年代，那是一个投诉需要打电话的年代。所以我们终究没有记起那位司机的车牌号，终究没有把这些蚂蚁的英雄事迹昭告出来。

那时候到家通常已经十点，但是高沙商业街还有很多店铺和我们家一起灯火通明。

比如爸爸心心念念的龙游风味馆。

老板娘和爸爸渐渐熟识并加了电话，爸爸有时候会请老板娘帮自己留一条鱼，老板娘也就留着，等到十点钟我们回到家的时候就顺路去店里取来。有时候是剁椒鱼头，有时候是烤鱼。白炽灯下的明亮角落常常还坐着老板娘总也写不完作业的儿子，鱼香包裹着来杭州闯荡的另一家人。我们下次去吃的时候，便又把那装鱼的铁盘子还给老板娘，点菜之前固定地笑，谢谢，不用谢。

那时候的龙游风味馆，就像遥远故乡飘来的一抹香的安慰。我们故乡喜吃辣，然杭帮菜多偏清甜。但是龙游风味馆是毫不吝于辣的，剁椒鱼头鲜亮火红的色泽总能让爸爸胃口大开，恢复能量。

在高沙住了两年多，后来就买了房子，也换了学校，那时候起真正意义上在这座城市安了家，但也和高沙渐行渐远。

曾经看到有人说 2004 年到 2012 年是高沙商业街最红火的一段时间，那以后就一点点、一点点地走向萧条。

我到杭州是 2011 年的一月。在高沙的两年多，看它老旧地繁华着，看它破石板的街道上循环播放着那个年代的歌。

但现在已经是 2020 年的四月。高沙商业街被紧邻的龙湖天街和金沙印象城等大型综合体压迫收缩，变成一个寂寂无闻的街区。街上来往着五大三粗的汉子，很响地外放着不知名曲子疾驰而过的外卖小哥，拿着比脸还大的波板糖的小男孩和牵着他的妇女，拎着两大袋子零食，画着很浓的烟熏妆站在一点点门口排队买奶茶的女子。

马路一边在放《下山》一边在放《寒鸦少年》，我就像九年前的爸爸妈妈那样能哼出这些曲子的旋律，现在我十三岁。

一个阳光和煦的下午，我们一家三口重访了这条街——只是顺路的心血来潮。

很多小餐馆都倒闭了，更多的则是大门紧闭。高沙小区也要封闭管理，巷子里的餐馆不知用什么妙法把"堂食已开放　请走大门"的醒目牌子挂到了屋顶，隔着一条大马路也看得清清楚楚。

所以我们并不指望真的到龙游风味馆好好地重温一顿，只是想去看看，即便大门或许是紧闭的。

我们把车子停得很远，因为附近不让停车。一路走过来有很多开着或关着的店，可是九年洗去了大半的记忆，很多个街角早已焕然一新又焕然一新，就连大红色招牌的豆浆大王也不见了踪迹。

淘气堡终究没有再次现身，但是我还能看见那家麦当劳。以前爸爸哄我陪他去吃龙游实在哄不动的时候，便会买一包薯条或者一个汉堡实行诱惑。

一点点门口人太多，我们随便找了家普通的果茶店点了一杯九块钱的布丁奶茶，保持安全距离退后等着。那个声音像蚊子哼哼一样小的男店员说奶茶好了，我上前边说谢谢边接过那个外带的袋子，意外地发现袋子里还躺着两颗糖。

是那种一块钱可以买很多很多的廉价小糖，但是惊喜又温暖，两颗足以点亮太阳。

于是我一边研究怎么戴着口罩喝奶茶一边和爸爸妈妈一起进了那个纵横交错的巷子。巷子不算很深，可以一眼望到最后面的顺旺基。我们的脚步不由自主地放慢，这是一片我们很久没有踏足但是踏足过很多次的石板路。

第一个和第二个巷口我们没有看——龙游风味馆在巷子的中间，我们是达成共识了的。

第三个巷口是一家世纪联华便利店。它好像是从九年前一直开到现在，也可能是曾经辗转过无数次，早已不是以前的店主。曾经因为剁椒鱼头太辣，爸爸给我在这里买过一罐旺仔。

记忆中的这家便利店就坐落在龙游风味馆前面的巷口，所以第四个巷口就要到达。

然而第四个巷口也是一家便利店。

一个复杂的店名给我们一家三口复杂的心情。我们默契地沉默着，把这个巷口走到头，又走回来，去第五个、第六个的巷口，直到最后我们还是走进了这家看起来也并不新的便利店。

"请问一下——打扰一下啊……我记得这里原来是一家龙游土菜馆。"

"那个……请问，您家这个店，开多久了？"

"我这开好久……七八年了！"

"七八年了？七八年了……"

我们被这个年份当头一击，仓促地逃出这家店，连"谢谢""再见"也忘记了说。那个戴着口罩的小伙一边给没戴口罩的大妈买下的洗衣液扫价码，一边打破了我们的幻想，龙游风味馆一点痕迹也没有留下。

上小学以后我们还零星到龙游风味馆吃过几趟，七八年的数字是很令人难以置信的。但是我们已经越发笃定这个店面就是龙游风味馆当年的遗迹，因为更加灰溜溜的瓷砖，因为被红色的纸和对联封住的包厢，因为天花板上小电视被拆下遗留的孔洞。

爸爸翻着通信录最后将备注着"高沙龙游风味馆老板娘"的电话号码拨通，却甚至连平缓的"嘟——"或者中英双语的系统提示都没有收到。只是在漫长的十几秒钟以后，"拨打中"的字样忽然变成了"拨打失败"。

被忘记的剁椒鱼头的口感，干涸的洗碗水和装烤鱼铁盘的余温，这条巷子里是无尽的不得而知的故事，沉重、欢脱或者平凡。没有一个标准的好或坏的结局。走出这条巷子的一路我们三个人都没有再看一眼那个巷子尽头的顺旺基——我们没有再回头。但我们还是都走得很慢，就好像那个穿围裙、戴手套的老板娘下一秒就会突然从某个巷口风风火火地走出来，抬起头豁着两颗门牙冲我们笑，对着爸爸喊"老斯，老斯"。

我喝着奶茶，感觉塑料包装纸里的糖被我焐得快要融化。

※ 作者手记

我其实又怎么会不喜欢这家店，这是一个四岁的我的童年。

虽然老板娘的长相早已模糊于岁月，可是爸爸连哄带骗地把我拉着陪他去吃剁椒鱼头的场景还历历在目。它对我们一家人的意义都远超出那口鱼头的鲜美。那是一种由衷的鼓舞，让我的爸爸妈妈得以带着我在这座最具幸福感的城市里长大。我们和很多满怀希望的人一起从四面八方涌入这座城市，生存、就业、安家。这是一座有未来的城市，我们有未来。

事实证明我们的确是有未来的，因为时至今日我们还得以在这座城市里安好地生活着。平淡、简单，并没有将那段艰涩每时每刻都铭记于心头。就像今天的高沙商业街一样，繁华成了旧日的记忆，不再被惦念。那以后我们也很少再去高沙。

然而当某一次不经意地故地重游以后，深呼吸在夜幕打出那个"拨打失败"的电话，被切断的思念就又连上了线。正如用矿泉水暂时压下的辣意，剁椒再次袭来总是让人猝不及防。

因此这篇文章就写于那个晚上，结尾的瞬间怅然若失。

九年的记忆终被一笔带过，这是一种沉淀很久的醇厚的感情，于四岁的并不太多愁善感的我，更于做出举家搬迁的决定的我的父母。我们是这份记忆唯一的持有者，也因此我们对它怀抱着最深切且主观的感情。我并不能确信《龙游风味馆》能否也带给更多读者同样的感慨，但是此刻我爱它。

后来我们才明白，"拨打失败"其实是因为当天爸爸的手机欠费了。

但是至今我们也没有再次尝试去拨打那个电话。它安静地躺在了爸爸的手机通信录里，和《龙游风味馆》一起尘封了这段记忆，成为"拨打失败"结局永远的拥有者。

愿我们记忆中永存的龙游风味馆，如今也依旧安好、无忧、幸福。

江边大草坪

寒冬里有阵突然晴朗，气温一下子向春天靠近。虽然早晚穿单薄了还是会感到瑟缩，也不妨碍在日光之下与春共舞的久违欢欣。于是我们一家出门踏青。去哪里？首选自然是江边大草坪——我们一家都喜欢那里。一望无际的草坪在高楼林立的城市中栖居，不高大但宏伟，像一只原始的庞然大物，以悠远的语言诉说着我们不得而知的故事。

江边大草坪并不是它的本名。只因它是一片草坪，生长在江边，很大，就一直被我这样称呼。它到底是什么地方、叫什么名字？我曾经也对此好奇，于是打开地图软件定位，只见条条名字清晰的公路与浩瀚的钱塘江之间，这片草坪存在的地方填充着一个半圆拱形的空白色块。就好像它其实脱离了现代社会，独属于另一个文明：对于它的名字，即便是地图也没有答案。

幼时来此玩耍，朴实的草坪通常被各色帐篷占领，即便是毛毛雨中也朦胧有几顶畏藏在角落。更不用说晴朗的日子：狂奔的放风筝的小孩，嬉闹的踢足球的玩伴，激昂的野餐烧烤的青年，都在帐篷与帐篷之间愉快地笑。他们和笑声联手填满了江边大草坪。它像城市边缘最后的一抹野趣，天色晴朗、空气新鲜、阳光明媚，突兀也坚固，定定地镶嵌在这块巨大的城市机械上边，如同亘古存在，那样令人安心。

怀抱着变得有些生疏的欢欣，我们再度沿江启程，满满地带上了蒙灰的风筝与帐篷，试图找回那份特殊的趣味。然而，这次当我们在原来的地点下车，一眼望见的是条条宽厚的白色石板路在隆起的草坡间蜿蜒，像入侵的蛇。确认几次位置之后我们不得不接受这个可怕的消息：江边大草坪消失了，或者被深深地湮没了。几个硕大的圆形花坛重重地压在绿草上，花坛中央的参天大树以健壮沉默的身躯迅捷生长，根深深扎进了昔日草坪。那草坪底下的泥土和树根低语，难过地说我们再也不能见到天日了，我们会变成化石，变成历史，会丧失掉空气和水。不料它们语言不通，根只是茫然而笨拙地继续生长，终究刺穿了那片老去的土地。低头去找也不再有野花，但数座巨大的蒲公英雕塑以其惨白色身姿高傲地俯视着我。草坪尽头一人高的塑胶攀岩山显然是为了儿童搭建的，此刻却空无一人。我踏上草坪，一眼有际，沉郁的城市以它的审美标准改造了这片野地，于是帐篷不见了，烧烤不再有。放风筝的小孩时时低头看着脚下的路，坚硬狭隘，终究是放不开步伐。没一会儿他就到了头，转过去向另一头又跑。那风筝总也乘不上风，晕乎乎地在空气里打转，在泥土和灰尘中被拖着，偶尔动一下，好像已经陷入了忧郁的睡眠。

　　我好像确实有很长时间没有来过这里了，它是什么时候消失的呢？我焦急地揣测，可是又得不出结果，一路返回时越想越难过——我难过于心底少了一个惦念之地：从此在缺乏新鲜空气时我不再有"去江边大草坪走走"这个选项了，想搭帐篷的时候，也不再想得起什么可行的好地方。

　　想着想着，终觉那天探访新的江边大草坪太过仓促，就此不去实在舍不得。于是春夏交接，我再度来到了江边大草坪。

　　春天来了，崭新的江边大草坪首次遭遇了风筝的洗礼。高傲的蒲公英雕塑也难免显得凌乱，数个彩色的风筝缠绕其间，不得归路，风吹那风筝尾的彩带还轻轻飘起，却仿佛真要带那伪造的蒲公英也随风而去。这次我在塑胶攀岩山的脚下看到了成群的小孩。大约是出于好奇，我向着草坪那一头走近，欢笑声逐渐充斥了耳蜗。攀岩山中间矮两边高，一侧布满模拟攀岩的凸起，一侧从顶上垂下坚实的麻绳。一位爷爷带着孙子站在麻绳下面，看上去却是在犯难。原来有大孩子把那麻绳绕了三道缠在顶端的柱子上，只垂下来一小截，小孩子够不着了，却对大点的孩子刚刚好。我当然还是要拿出曾经梦寐以求的孩子王架势——拉着下垂的绳头登了顶，帮那个小孩放下了绳子。我笑着在顶上给他加油打气，看他一点点拽着麻绳爬上了山顶，和他开心地大叫、击掌，心情居然也好了不少。

　　意识到这点之前的我尚且愣愣地站在儿童攀岩山顶上出神，像个笨拙的巨人，低头俯瞰着脚下正发生的一切。我看到几个孩子在草坡间奔跑，身影起起伏伏，又像穿行于绿色的波涛。另外几个小孩陆陆续续地爬上攀岩山来站到了我身边，小小的塑胶山就好像变成了一艘神气的船在驰骋飞航。欢声笑语环绕着变成了巨人的我，我才终于醒悟过来发现了那个从未被隐瞒的、属于这里的秘密：只要还有小孩来，这里就永远不会是冰冷的。孩子们终会驾驶着人造的一切，劈开钱塘江的巨浪，用笑声填满世界。我打开地图，意外地发现这里还是一片空白。草坪消失，人工席卷，可是至少在地图上，这个空白的半圆形并没有变。江边大草坪、江边大草坪……即便它已经完全不再像是一片草坪，我也依然这样叫着。以后的它会被新来客们怎样称呼呢？我虽不得而知，却明白了一点：这片土地将会永远孕育鲜活的童真。

恍惚间耳边传来一阵钢琴声。很轻，很远，有点失真地在空中飘扬，溶解入空气，掺着雾霾与灰粒进入我耳朵。我回头，猝不及防见马路对面建起一座外形像木屋一样的幼儿园，反光的金属建筑材料却在太阳下暴露了自己的身份。你不是木头！我悄悄大喊，没人听见。那钢琴声从幼儿园里传来，一个小女孩从幼儿园门口跑出，她背着一个粉红的小书包，向路的尽头不停奔跑而去，遥遥传来几声渐轻的呐喊：妈妈！妈妈。漫长的风让一切变得有点热泪盈眶。然后呢，我一不留神，小女孩就不见了。

※ 作者手记

那之后又过去一段时间，在意想不到的地方，我得到了另一段顿悟的宽慰。那是去离大草坪不远的南宋官窑博物馆参观时的一瞬，饱览被修复得完好如初的瓷器以后踏出展厅，我看到了成堆沉默着的碎瓷片，以及出土文物的坑址。自然的破裂毫不吝啬地展现岁月痕迹，任由时间带来的破口被我们端详，与先前看到的相比不是逊色，而是另一种美。原先的大草坪与现在加入人工的大草坪相比，也应当是两种并行的美。慨叹于我的迟钝，竟然要到二者明晃晃陈列在我面前时才能发觉！那出乎意料的一刻，本以为早已将大草坪的忧伤暂时从心底淡忘了的我避无可避地想道，有空再去走走吧。

江畔星辰

（一）

夜。

还未完全褪去傍晚的红晕，混淆着紫红色的夜。永远有着什么在飞舞。飘荡，飘荡。烁着火光，宛若星辰的光芒，飘忽着，最终消逝。

那是孔明灯。江畔的人家总能看到随着夜色升起的它们。就在不远处升起，尽管在这之前我们也并没有真的去探察过。

来到江边。喧嚣袭上，数不尽的摊贩招呼着。

"孔明灯来放一个咚！"

我们于夜色中隐蔽起来，看着渐渐远去的孔明灯烧灼的身影。

小男孩随爸爸点燃了孔明灯，让它在人海里亮起来，瞬间成为万人瞩目的存在。软绵绵的孔明灯渐渐鼓将起来，悬在空中，像是接收人们的心愿。

负着心愿，孔明灯浮起来了。艰难地、缓缓地攀着天空向上去了，去了。在半空，忽承受不住了一般，向旁倾下。

所有人一阵惊呼。

它忽然燃起来，被灼热的夜色，一点，一点，吞噬了。火光无情地徘徊在江面上空，最终成为一点火苗，落在离岸极近的江中，被温润的水融化。这大概是残留的孔明灯耗尽全力降临的终愿。

就这样看了数个灯的升起，或真的上了空中，或永远地留在了江底。然后按捺不住了，决心自己也买一个来放。

装在塑料袋里的一片红色，取出来然后点燃了底部的蜡片——只是忐忑地。看着渐渐膨胀的孔明灯，手指间触碰到了一抹火的温度。朝着它许了愿。虽然不知道管用程度怎样，总是试试。

飞起来。终于飞起来了。忽然向下跌了几步，恍要烧去过路人的几缕头发似的。但马上便起来了，就这样默默地向天上顺风而去。随着早已飞上去的其他孔明灯，交叉穿错，似场无声的竞技。它们长得都很像，可我知道。知道哪一只，是我们放上天去的。就仰头很静地望着它，它仿佛也低头望着我。我们的对话淹没在了城市的喧嚣中，成为我们永远的秘密。

我看着它，就这样看着它。看着它从飘忽的一大个儿渐渐成了迷离的星辰。消散在世界的尽头。

一只孔明灯忽高忽低地飘游在江面，一个小女孩追着孔明灯沿着江畔向远处奔去。她的小凉鞋拍打在凉凉的地板上，发出"吧嗒，吧嗒"的声音。她像个逐梦的精灵，逐着属于她自己的那抹光亮，奔着，奔着，然后和孔明灯一起消失在我们所有人的视线里。

人群渐渐稀疏。零星的最后几只孔明灯也朝江面飘去。有一只停留在江面。

它像一颗坠入凡世的星辰，在自己的光亮中流连，迷失。回归了自己的梦境，点亮自己的那片夜空，沉睡在平静的江里……

（二）

夜。

这是第二天的夜了。今日没有那样的霞，甚至寻不见月亮。夜就是那暗色的夜，被城市的霓虹灯映得发橙。

没到江畔，只是望着孔明灯冉起的那块天空。即使仍能看到孔明灯的身影，倒也明显少了许多。

江畔人影稀疏，热闹的是有个流浪歌手搬了音响唱陈年的歌。

我们在江边闲逛。不时看到跑偏的风将孔明灯掀上了树。孔明灯仍然忽闪着，清晰可见的火苗即将烧灼这一片树木。

人群会聚集起来，看着这盏孔明灯。就那样看着，不靠近也不远离，看着一场好戏。

热心的青年不知从哪儿抽来一根竹竿，又走出两个围观的小伙儿，一个环抱着大树猛摇，一个便拿着竹竿捣鼓。风儿忽然刮过，卷起孔明灯终于上天去。

我们也又放了一只。这样的光芒总能让我有几分欢喜的。把孔明灯的蜡板点着，居然不小心烧破了好大一个口儿。焦黑的边缘仿佛提醒我们被放走的愿望。

卖孔明灯的妇女也凑过来，不知哪儿摸出来卷透明胶，巧手一晃就在口上打个补丁。重新给孔明灯充气，可是布罩已经发热。捏着布罩的手似乎也烧着了一样，滚烫地侵蚀指尖。知道已经有人在看热闹了，一双双闲暇的目光聚集在我们身上。

重新许愿，将孔明灯放上天空。它打了个旋儿，沿着风向最终向江对岸的天空飘去。

愈远了。最终没有了火光的色，只是白色模糊的一个点儿，像极了星辰。将要消失在天空那一头，它忽然坠下来。

羽毛似的飘落，缓极了。

我看着它的坠落，它似乎用尽全力在向上啊。

忽然间，那星辰似的影子消失了。

消失在无尽的黑暗间。

所有人不会知道这个孔明灯最终的结局。因为在这盏补丁孔明灯周围，有其他安稳的火光，有晃动的七色烟花。

然后我一直好奇着，最终这打了补丁的愿望能否实现。

不知不觉夜又深下来。人影越来稀疏。迷蒙的路灯白花的光线下，有飞舞的虫儿，有绿油的树丛。

有一盏因为挂在树上终究没能上江畔的夜空的，完全失去了光泽的，烧了一半的孔明灯。

显得潦草的字迹，是八个字的极简愿望。

"一帆风顺，心想事成。"

旅行三题

　　旅行路上，那些当时令人大受震撼的美景可能都渐渐沉淀在手机相册里再也不会去翻寻，值得纪念的是那些留在心灵深处的瞬间：乡野里的点点萤火微光、古城中一段关于时间的记忆和故乡一碗重辣的牛肉汤面。

探寻乡野的萤火微光

　　人生记忆里，没有怎么去过农村，只是大城市、小城市间相走而已。挺意外有了机会，自然来了。据说是真正的农村，那我便只是觉得有农田和破旧的屋子。对于农村的了解，毕竟狭窄。

　　火车再转汽车。面包车也是之前很少坐过的，昏睡了一两个小时，才终于到了。可是农村的路修得异常整齐，平平坦坦的，并不比城市的路差。也听说这个农村是"新农村"，设备都先进得意外。到一条巷子，这也是条古巷。有青黑的瓦顶，从前的房子。

檐上刻了许许多多木头雕纹，精致得很。大抵龙凤、花鸟鱼虫都是有的。檐极多，可是那老房子也住了老人家，都养了狗的。农村的狗虽不咬人，也并不如何叫嚣，那大狗总归让我有几分害怕，因此观望一番就略过。

是中午到的，天气太炎热。通透的房子开不了空调，劲力的风扇不停地鼓吹，并不怎样出汗。农家也都很热情，搬出来冰镇的西瓜、葡萄，各式水果，摆了一大桌。房子不算破，倒很是温馨。闲聊一番，太阳便快下山了。本说要去瞧瞧西瓜地，也没能来得及，就沿着一条宽溪散步。路另一边是大片草丛，隐约在草丛后头也有大片的稻田。夕阳从稻田中露出来，新鲜空气的天空，一大片都洒满了灿烂的霞，如烟似的弥漫天际，不那样刺眼，却美得极致。

夜渐渐暗下来，现在已经不知不觉地彻底暗淡。村野，仲夏的夜十分清朗，还能看见星座。

来到这里，是听了传闻有萤火虫。平生从未见过，所以期待一睹究竟。灯光几近消失，夜，只有蝉孤身吟唱的声响。忽然，一个小小的白点儿蹿过身前，在眼中留下一道久不逝去的光辉。我眼前亮起来，急忙地寻找那个遗失的光影。

是萤火虫！一定是！脑中刹那间只剩下一个念头，我寻觅着，像失了归处的幼鸟。光又一次有意似的钻进我的眼睛，我追随着它，飘飘摇摇。暗夜中，那点点闪烁的光芒是什么？是迷失的星辰，是漫步的精灵，还是嬉笑的灵魂？

我的脚步忽然踉跄，一下儿停止了。似千斤重，再抬不起。

眼波流转，倒映出浅黄淡白的闪烁光芒。我又一次地确认，那是萤。几棵树之间，游荡着数不清的灵魂。它们用最轻的声音，在最静的夜中，没有声息地慰平了我过于兴奋的心。我仿佛不再是我了，风轻轻吹过，拢起我的发丝，将我吹到它们身旁，共同嬉笑。

尾间发出的光没有点亮夜空，却彻底映明了我的心。白色的浅光边缘，融化在水泥荡漾的夜空。一只小巧的身影穿梭而至，旋着我的身子转了一圈，邀我与它共舞一般。永不停转的身影，流逝，栖在路的中央。

我看着它，看着光芒熄灭在无尽的夜色。我惊了一下，满目寻它的身影。几瞬，一个光明的身影，又一次划过天际，和刚刚熄去的影子重合了。

我松了口气，无声地笑笑。夜，连蝉鸣都仿佛停止。原来，萤真是最脆弱又最坚强的生命啊。

接待我们的人家特地在不远的山间民宿开了房间。真是不远的，走路十分钟便是极限。民宿也很好，和城里的星级酒店相比并不逊色。名字也蛮雅致，叫"缘山堂"，概是因为民宿后面有连片的山。每逢三巳节时候，还聚集了许多文人雅士吟诗作画。房间里，能见到窗户外爬满了爬山虎样的植物。我并不详那究竟是什么，也没细究。

第二天本来打算清晨起来爬山看日出，究竟没看到。一早就去昨天那些人的家旦吃早饭。他们特意做了"清明果"招待，那是那边的稀有美食，过节才会做来吃。长得饺子一般，不过通身是绿色的。饺子是咸馅儿，外皮是面粉等和了蔬菜的绿汁做成。看起来好吃，味道也不凡。吃了清明果，又玩去了。很快地和当地村主任家女儿成了朋友，到她家里吹着空调，互相谈着城市和乡村生活的差异，笑闹间也自然很惬意。

下午阳光弱下来，凉快许多。我们到田中去了。

首先去西瓜地。真是好大一块地，在一排平房后面，广阔极了。我们走进田去，学着找了熟的西瓜摘下来。大西瓜够重的，在坑坑洼洼的泥田里搬着极重的西瓜走路不是易事儿，于是找个小西瓜搬了出来。田里蚊子多极了，我又是容易被咬的体质，即使早做好双重防备也不免满腿红包。忍着痒继续前行，不一会儿就忘了。

接着去一片果园。这块儿就杂了，基本什么都有。桃园专门拦起来，有位老人坐在里边乘凉。看着我们过来，笑呵呵地站起来，颤颤巍巍地摘了桃给我们人手一个。我们赏着果园，他就不停地摘给我们桃儿吃。一直是一棵树上的桃，确实极多，总摘不完似的。可我们也要不了这样多，只是推辞，一人一个装篮子里带回去吃了。见识了一大片包粽子的叶儿，比人头高。青枣、葡萄之类也各采了些。再往后是鸡鸭鹅的天地。我们从人造的小池塘边棚子里走，路径都是相通的。岸上的鸡看到我们便四处跑散，鸭、鹅大部分也蹿进水里。可是有几只稍年迈些的鸭鹅似乎见过世面，并不动摇，仍然悠闲地走它的路。认识了一只叫方鸭的品种，老了似的，不下水，连硬壳儿的扁嘴上都尽是皱纹。幸运的是在路边居然碰到了凌霄花，确是攀缘的，在一根竖直的杆儿上。

真是很多，橙红色的一片。

夜完全暗下来，我们才又出来散步，有人说村野的狗儿都成精了，循着人散步的道儿和人一起散步，且十分通人性。看来的确这样。可我到底怕狗，还是不敢亲自验证。夜晚的天空似乎更加明澈，可以看见星连起的图样。

短暂的旅行将要结束。第三天一早到村子里晃悠一圈。村中有几棵粗壮的古树，据说是明朝万历年间栽下的。并没有怎样当作文物珍惜藏起来，甚至常有儿童钻到高树梢的树洞里去捉迷藏或乘凉。树干上缠绕了大圈红线，挂满许愿的绳牌。树是樟树，极粗壮。后来有大雷居然劈断一棵，那棵断树最后请了雕刻家雕成了佛像，也一直立着。一个村民凑过来和我们说农历一个将要到来的节日——六月六。这边村子把六月六这个节日重视得和春节同等。这村民一直滔滔不绝地讲着，我也仔细听着。往前去街上还有长期的集市，卖什么的都有。吆喝声很响，当然也有音响。热闹极了。

旅程终结束了，我可发了誓还要再来。要再听听村子里的人那些讲不完的故事，也要再拜访那林间暗夜里舞动的精灵。

追溯古城的白鹿印记

意外地收到了一次现场采风活动的邀请，遂在暑假的尾端怀揣喜悦的心情踏上了旅途。我早在去往古城以前就阅览过它作为历史文化名城的种种故事。在那些满溢赞美之言的著述中，有壮阔的山海湖泊，有众多的文物古迹，还有深厚的文脉……古城从那时候起，就以底蕴深厚的形象成为我心中的向往。

这次来到古城，无疑更让我加深了对它的认知，我了解到这里在唐宋时期是台州府城的所在地，筑有享"江南长城"之美誉的台州府城墙。一块块千年的砖石垒起了雄伟壮阔的江南长城，它以博大的胸怀将"中国历史文化名街"紫阳古街揽入怀中。

我还了解到，古城是浙东诗路上一颗璀璨的明珠，古往今来无数文人墨客对这里的山水充满着向往，留下了传世的诗篇。从括苍山麓到东海之滨，从灵江两岸到杜桃平原，一路风光一路诗。这里曾是山水诗派鼻祖、东晋诗人谢灵运走过的路。公元 423 年，谢灵运曾率童仆数百人向古城进发，将近城下，命童仆长夜举火开路，吓得地方官员以为山贼来攻城。他在此地留下了著名的赠诗："邦君难地险，旅客易山行。"

在谢灵运游古城的两百多年后，骆宾王被贬，沿着谢灵运开辟的道路也来到了古城。虽然报国无门心中凄苦，这里的景色也带给了他同样震颤心灵的慰藉。

这里还曾是白居易的老师顾况走过的路。游览途中，在小吃店偶然抬头，便看见墙上绘写着他作于巾山上耐人寻味的佳句："山连极浦鸟飞尽，月上青林人未眠。"

负责活动的老师们十分心细，为我们安排了详细的采风路线。借由这个机会，我们悠悠地赏遍了紫阳街与古城墙。

因为赶在清晨出发，抵达紫阳街时游客还并不太多，街巷里拥满了身着统一文化衫的少年们的身影，与古朴的街道竟然也形成了对比式的呼应。在导游老师的带领下，我们首先来到了朱自清纪念馆。朱自清先生在此地有着一段鲜活的往事：1922 年，他从杭州高级中学的前身浙江省立第一师范学校至省立第六师范学校执教，在这里写下了名篇《匆匆》和抒情长诗《毁灭》。十年后，忆起这段过往，他又写下了散文《冬天》来怀念在这里的生活，清苦却温暖。这些文字在纪念馆里都有迹可寻。

在省立六师的原址中，也能找到朱自清先生留下的痕迹。志山楼的白墙上赫然写着那句"聪明的，你告诉我，我们的日子为什么一去不复返呢"？也表达了对时光流逝的惋惜，告诫少年们要岁不我与，爱日惜力，放在校园里也十分合适。

离开纪念馆、沿着紫阳街的巷子一路向里走，经过了一段生活区。在古朴的街巷间，不难寻找到居民的身影。本地儿童奔跑笑闹着，大人则站在两边隔街以方言谈笑，不少铺子刚刚准备开店，当地特产的小吃逐一在我们眼前亮相。我也迫不及待地试吃了特色小吃蛋清羊尾，一款油炸的甜品，味道甜而不腻。店老板一边捞转着油锅里浮动的面团一边认真地向我们介绍，他家坚持用最传统的配方，一定要用食用油包裹着蛋清和豆沙，炸出来才有传统的香气。

端着蛋清羊尾继续向前逛，转角一抬头就看见巾山上的三座古塔。这里已经被列为最佳拍摄点，狭小的巷中却能望见最宽阔的景色，让人不禁神往，身边的同学们也赞叹不绝。

一路见好几家海苔饼的店铺前都排着长长的队伍，听说其中一家是从民国至今传承了四代，雕花木门上留下了岁月的痕迹，以厚实的馅料征服一代代食客；另一家则是在现代网络平台上悄然走红，引来无数打卡的粉丝。不同的风格或许也有着不同的风味吧，只是可惜来不及一一去品尝。其他的特色小吃，诸如糟羹、火烧饼、梅花糕、面结、糖糕……一路吃不尽，令我暗下了还要再来的决心。

因为一段与建造府城墙相关的美丽传说，古城拥有一个叫"鹿城"的别称。我去过很多叫鹿城的地方，它们都很美丽，也都滨临着大海，比如三亚，比如温州。但是古城有着别样的古朴的美。我去过很多有古城墙的城市，比如南京、建德，但是它们都是作为人文景观保存下来的。像古城这样至今保存完好的，甚至在继续发挥着防洪等实际作用的，我还是第一次见到。非常幸运自己能够在这个悠长的假期来到古城，沿着古代的浙东诗路走进"诗画江南"。我对于文化遗存、文物古迹都很感兴趣，所以在追溯历史的慨叹中，总能有幸汲取到一份厚重的力量。

今天的古城，以一只追梦的白鹿作为城市形象与吉祥物，它奔跑着，充满活力，寓意着这里的人们能够不惧艰难险阻，踔厉奋发，务实拼搏。我觉得白鹿像一位守护神，从古至今都在守护着这片土地，或者说是一个图腾，让人们不断从中获得力量。直到今天它依然还在这里，和台州府城的古城墙一同守护着这里的众生，也凝望着从古至今生活在这里的人们，在无数次台风与洪水中自强不息，屹立不倒。

在这里，我也被深深地感染着……

重访一碗重辣的牛肉汤面

谈论故乡从一碗牛肉面谈起，红辣的热汤沸腾着一份心绪，那便是难以忘记的怀念了。这两天在学校抽出空闲时间去风味食堂吃了碗牛肉面，自己往清淡汤水里加了辣油，眼见汤水缓缓地红起来，再带一杯冰红豆汤，虽然终究难及家乡味道，在异乡食堂尝到一口相似也满足不已。坐在热闹的餐桌边，心神早已飘往牛肉面牵连起的故乡。

虽说思乡情已经浓郁，其实暑假刚刚回去过一趟，双桐巷的"老奶奶牛肉面"的口感尚未被味蕾遗忘。每次回到故乡就去重温这家牛肉面，已经成了我和父母约定俗成的事。门铺翻了几遍新，却始终没有扩张，只是两层小楼拥满热腾腾的香气。一碗招牌的牛肉面配上冰赤豆酒酿，很快就被端上木桌，长柄铁勺探进玻璃杯一搅，赤豆就翻腾起来，这让人莫名欣喜的一幕从小便在我心里留下印记。

沿着这碗面，店铺所在的街道、街上永远热闹的小吃摊、转角就抵达的镜湖，一切都浮现在眼前。暑假去重温这碗面，自然也走过了镜湖畔，沿湖便是从前散步放风会来的道路，现在也仍然有成群的小孩在大人的陪同下一路欢笑。若是从那样的视角往湖岸望去，宁静辽阔的水面便如同一个浩瀚的世界了，其中存在的缤纷不可计数，走上一圈也要花费不少体力。然而直起腰身用成长的双眼审视，一眼有际的镜湖居然小得如此温馨。

眼前掠过如此熟悉的一草一木，寂静空荡的亭子也十分眼熟，尺木亭——就连名字也被轻易地回想了起来。曾经是抱着小孩的老人和父母坐在亭中，总有人背来音响热闹地唱着些什么，而现在能看到的只是严实地将亭子入口遮蔽起来的铁制告示牌，上面写着"柱体腐朽　敬请绕行"的字样。我当然如其所说悻悻地绕了路，然而将这一幕深深记了下来。以后再回来看它时，这座亭子是会更老旧地沉默，还是已然经历翻新、重新聚满人群呢？

走上镜湖边的鸠兹广场，也处处可循类似的痕迹。喷泉干涸了，彩灯也不再亮起，留下高大的石柱兀自矗立守候。可是与亭子不同，这里并不是被遗弃的旧址。人群一如既往地走过这片宽阔地，小孩踩着滑板车闪过去，鲜活的一切甚至有些让人眼花缭乱，晚上或许也仍然有着成群跳广场舞的身影。

从广场边沿再次靠近湖水，便踏上了步月桥。这座拱桥即使是从现在的角度看也并不矮小，甚至翻越还要花费一番力气。古色古香的镜湖畔没有太多游乐设施，这座拱桥便成了孩子们的滑滑梯——从台阶与台阶之间光滑的斜坡迅速滑下，然后乐此不疲地再爬上高大桥体，这正是我的回忆。眼下走到桥边，果然还是看到了三四个小孩正从斜坡上往下滑。他们不知从哪里找来了快递箱的纸板，垫在底下滑草一般地冲下，竟是比我从前的玩法更多了几分趣味。越走近越能看清那斜坡面已经被不知多少小孩滑过而闪着光泽。桥边道路上不断被走过的鹅卵石地面也是如此，这是与亭子截然相反的一种痕迹：岁月将为它们不断增添更多的光彩。

在故乡的娱乐还有另一个十分重要的组成部分，比起镜湖畔更加隆重，也更具有标志性，这便是主题游乐园了。巨大的城堡坐落在城市楼房的簇拥中，欢笑声堆砌起梦幻国度，这个全国连锁的乐园丝毫没有小城的生涩，总是能让人尽兴而归。随着成长，去游乐园的机会也越来越少，这次却也一并重温了。一路还在担忧设施会不会都已经老化，不再具有过往的光辉，抵达大门口便抛却了这份多余的忧虑。色彩鲜艳的城堡、城堡前穿着玩偶服招手的工作人员、欢快喧闹的背景音……乐园用它的方式欢迎着每个人的到来。

手里攥着有些抽象的手绘地图，悠悠逛遍了几乎每个项目。因为进场的时候已经是下午，不免错过了一些演出，都是以前来的时候看过的，只听名字就能牵扯出大串的回忆，甚至记得自己曾经在哪个剧场被门夹到过手，又是怎样匆匆忙忙地半途结束了观看，寻寻觅觅地跑向乐园里的医务室。这个夏天游乐园的庆典主题是"回到 90 年代"，因此无论街道上的装饰还是背景音乐都十分符合那时的流行。而我并没有那时的记忆，要说怀念也只是聚焦在这座乐园建成的这几年间。不需要太经典的音乐，仅属于我的一段短短的怀念就能绘声绘色地上演。在小吃摊的角落，在射击游戏的 3D 眼镜收纳筐，在曾经不敢踏上的海盗船，角落的共鸣正焕发出独特的色彩。

这份重温的高潮毫无疑问是晚上的烟火大会。

花车游行结束，烟火大会的十分钟倒计时在广播响起，人流便都开始从游乐设施中涌出，向城堡正面的广场走去。幼小的我也曾焦灼地挤在人群中，终于因寸步难行在广场侧面停下了脚步，望着闪烁灯光的城堡期待烟火乍起的那一刻。这一次我选择了稍远的位置，从城堡背面，隔着小小的人工湖泊，依旧能看到闪烁的彩光在提示着时间。没有了拥挤的人群，我们趴在栏杆上静静仰头，烟花升向天际的同时也映亮了湖面，烟雾缭绕间无与伦比的绚烂次第绽开，我正沉醉于这份美景，恍然醒来才意识到自己已经与那座城堡，与幼时站在城堡脚下抬头踮脚盼望的自己隔了一湾这样宽阔的湖。无论对于牛肉面还是镜湖畔，现在的我都是隔着时间的长河在远眺了。这条河还在不断流动，将我送往更加遥远而未知的未来，同时也并不吝啬于让我重温对岸的绚烂风景。

时间过得很快，烟花大会结束以后人们便开始匆匆拥向出口了，因为记忆里在闭园的高峰期打出租车要花不短的一段时间。本以为这趟梦幻的旅程也终于要在仓促中落幕，却得知了一个新消息：家乡新开通的轻轨正好在乐园对面有一站，现在还能赶上末班车。十点差五分，我们就这样一时兴起地狂奔起来，然后笨拙地购买车票，在安检员的鼓励下继续奔跑前进，生怕错过了那最后的一趟车。我们顺利地登上了，气喘吁吁地坐下，靠在窗边还能看见那座在城市里闪烁着的城堡。

再接下去，城堡逐渐从视野里消失了，城市的夜景浮现出来。在不知不觉间，家乡的夜晚也已经布满灯光了！趴在窗边望着这座处处透着熟悉的城市，也时时能发觉些崭新的东西，如同这趟漂亮的轻轨，在回忆的温暖之中横穿过，串联进一抹发光的希望。

清明记

　　家族遥远的墓园在一座镇子上。但早在我出生之前，爷爷奶奶连同他们的后代就都已经搬到城市居住，我的记忆里只剩下远亲们模糊的面容。清明时节，我们一家决定重返故地。

　　由于追溯到太遥远的先祖，我们一天抵达了三片截然不同的墓地。首先是乡镇上的公墓。与街上一致的褪色和杂乱比比皆是，我下了车站在公墓边，相隔一条苍凉的大马路。车轮滚滚裹挟爆竹声而来，紧接着又飞驰而过。可那爆竹还在原地，一束束寂寞地绽放在白日的蓝空，化作一朵朵转瞬即逝的云。所幸这天没有下雨，但不久前地上遗留的泥泞尚未痊愈。我们的皮鞋、运动鞋都沾染上落寞的痕迹，墓地中风声四起，烟灰翻滚，空气中净是无法消失殆尽的东西。我耳朵不堪重负，戴上耳塞以后爆竹的炸响声变遥远，飞尘携令人难以呼吸的气味扼人脖颈，错乱而急促的呼吸被放大。与比同时远处墓丛中的不知哪一座，有人小心翼翼地打开了播音机。格格不入却悠扬动听的唱戏声贯彻墓地、我的耳朵、墓地边的工厂与野山、沉默的青松与挥洒飞絮的大树。所有的树都企图在来者身上留下点什么，除了一段会变得模糊遥远的记忆，还有挥之不去的气体、断落的枝叶和生命之种。

在不可避免的环境之外，其实悲郁的气氛并不太浓烈。我耳边有时也飞掠过一小段笑骂声或者镇上邻里之间相熟的招呼声，只有数之不尽的逝者保持着沉默。我们在一座座墓碑之间穿梭，那一行行机械刻上的字好像无言地讲述着一个个庸长而无味的故事，唯一的长处是它们都是那样真实，甚至在燃烧的黄色草纸之上那团跃动的空气里显得无比鲜活。那些我并不熟悉或未曾谋面的亲人沉默地接受叩拜，而行礼的人有的心不在焉，有的虔诚而沉重。一些生前较为亲近的亲人在磕头时轻轻地低语诉说，也有些人期望祖宗保佑子孙后代万事无忧。甚至有位儿子即将面临中考的母亲，夹带了一句保佑儿子考上好高中。

其实这里扫墓的风俗也在悄悄发生着变化。在时代的变迁中，人们除了烧纸钱，还要像西式的祭奠那样摆上一捧鲜花。而因为一位先祖是少数民族，又多了一道烧香的步骤。他的墓在公墓最后，几乎在野山的边缘。土埋起的棺椁上已然郁郁葱葱生出繁茂的枝叶，这里飘浮的更多是植物的飞絮。我们每人手拿三支好不容易点起的香，绕着坟茔走了一圈，最后插进了碑前的香炉里，这才离开了墓园。

第二处墓地是家族所明晰的历史中最古老的一位先祖，葬在乡镇边缘田园深处的一座野山上。我从未来过这里。我们跟随生活在这附近的远亲一同走进田野，在坑坑洼洼的田间小路中穿梭，身边是半人高的杂草，脚边偶尔有一两朵绮丽的野花。遥远而曲折的路使我们一行人都气喘吁吁，这才到达山脚。入了山林，突然满眼的翠竹，地上遍布足有半个小腿深的竹叶。爷爷还和我说，这里原来有一片桃园。我们一直在竹林和深深草叶中穿行，终于看到了一座小小的墓碑。同样地，我们虔诚地叩拜，临行前引路的亲戚还在山腰的小片空地放响了一串鞭炮。一直到走了很远，几乎到了山脚，还能听见那鞭炮声从身后一颗一颗地炸响，犹如远山传来的召唤。

第三处墓地则就在我儿时生活的城市的边缘，是新建成的。这里安息的是我的外公，也是逝去的亲人中最亲近的。这一处公墓的排列比第一处还要紧凑，墓碑不是粗糙的石头，而是光滑的黑色石板，也更加瘦削。这里禁止烧纸、燃放爆竹，所以才显得格外肃穆冷清。我们只购买了一捧鲜花，店主却加送了一支仿真花。我们这时还对此莫名其妙，一直到进了墓地，才发现很多人都将这么一支仿真花插在了墓碑顶的缝隙里，好似这是一种新公墓的习俗。因为鲜花很快就会枯萎、被清扫，仿真花却可以陪伴逝者很长时间。南京赶来的二舅妈说，那边的墓地也是这样做的。新公墓不再有烧纸的尘灰在飞扬，也听不到爆竹声的杂音，整个墓园寂静而又和谐，像是一垄花园。我们将鲜花轻轻放在墓碑前，为外公打开一瓶白酒，学着别人的样子插好了仿真花，让它温柔地立在风中。

我对清明原本的习俗知之甚少，以为其实简单来说不过扫墓二字。终于到亲身体验了一番才察觉，就算是同一个乡镇的左右内外也有着小小的差异。从自由的烟雾弥漫的野山到井然有序的静谧的公墓，各地清明祭扫的风俗像是条条攀附在文明树上的藤蔓，各自有着不同的纹理，却都在用自己的速度缓缓上行。然而驱散的烟雾不会稀释思念之情，这些仪式感总会以顽强的方式千变万化地存在着。遥远山间的鞭炮在响，收音机里悠悠戏曲不停，风吹过瓷碗边沿带走一抹白酒香，清明墓上永远绽开着一代代人鲜妍的追思。

欲祭疑君在

生死别离对我似乎仍然陌生，近亲之中已经仙去的是外公，然而那时我尚年幼，葬礼只像一段突兀而灰蒙蒙的假期，横切在小学的课业之间，是一段远去的高铁，一面需要被高高举起的沉重相框，一首震耳欲聋的哀乐。那时我自以为已经充分理解了死亡的意义，认真地向外公告别，我写了稚嫩的作文纪念与外公的往昔，穿着小纱裙在学校礼堂里做演讲，对不复的亲情过往侃侃而谈。可是成长让这些想法反过来变得模糊，我已不能追忆其时死亡在我心中的触感，只知去年寒冬时，我从高中的音乐课教室走出来，碰上一场难得的初雪而感到欢欣，在寄宿制生活的缩减中慢慢忘却思考，却迎面得到班主任老师的消息，转述父亲的话，爷爷病危。一种刻不容缓的僵硬把我当头浇醒，我匆忙地收拾行李，喘着粗气奔上奔下宿舍楼，呵出的白气与飞雪同舞，将我目光所及笼罩得一片朦胧。

其实，爷爷的生命临近尾声，这件事我们一家都已经知道太久，以至于噩耗本身所致的命运之悲反而被磨得钝平，不见棱角。五年前，爷爷被查出贲门癌。早在那时，他的生命就得到了一个抽象的倒计时——两三个月光阴。在那之后，全家奔走，雷同任何家庭悲剧中所演绎，艰难地跑遍最好的医院。爷爷的病诊单，堆叠成沉重硕大的包裹，夹杂着千奇百怪的误诊，记录着各种各样的疗法，不能计量其中苦痛。它们曾经记载了太多预言，或成为沟通命运的桥梁，或成为空口无凭的构想。

可是今天，所有就诊单与医疗本都化作了同一个巨大包裹的一部分。

临近清明，我们返乡扫墓，根据习俗，将爷爷的遗物焚烧。新公墓井井有条，墓中禁明火，一座座小小的焚烧池排在山下，池沿粗糙的石板上被粉笔写画着编号与姓名。父亲用微潮的抹布擦去其中一个，随后捡起一截洁白的粉笔头，小心翼翼地覆上属于爷爷的编号，用极工整的字。我想，那是爷爷死后的住址。我们先将五花八门的纸钱与假元宝点燃，火苗在春风中扬得很快，席卷吞纳下我们渺茫的祝愿。姑父手脚利落，纸钱的投递也很迅速，在我意识到时间流逝之前，塑料袋已经掏空。借着愈燃愈盛的火势，满载纸张的巨大包裹也被打开了。我小心翼翼往炎炎火光中投递信件，也偷偷地阅览，医生们无法解密的飞龙走凤，一簿簿来自不同医院的医疗本，甚至宣传灵丹妙药的塑料广告文件夹，竟然拥有严重的使用痕迹，开裂脱胶的边角被创可贴补得层层叠叠。在那漫长而充满猜忌的岁月里，爷爷是否也曾对这些轻飘飘的玄说寄予希望？我猜想，然而再也无从得知答案。

蔓延的火舌，在日光下格外烫，灼痛了我们的眼。火焰的倒影连成一片游动的海浪，在凹凸不平的地面流畅地逝去，烧剩的灰烬则随风卷了漫天，像海面无边际的雪。我感到烈日在炙烤我们的手指与衣摆，在寒冷的早春，在朝阳没有到来的时刻。但其实此刻，我的大脑混沌一团，更费心在盯着风向以躲避熏眼的烟雾与飞扑上衣摆的尘埃粉末，更担忧焚烧池中的火焰被过于沉重而严密的悲剧压垮；更专注于姑父提棍搅动池中残片的手，木木地察觉他从地上捡起的杆状物其实是不知何人曾丢进此池而未能烧尽的焦黑伞柄。只有某一个刹那，我攥着那破碎的广告文件夹的手发僵了，好像火舌终于被春风引得燎在我心头，烫热与伤痛不分彼此，在泪腺的深处踏步，制造一串又一串隆隆的回声。

即便已经经历过亲人离去，也真切地害怕着更多的分离，但如今想来，我对爷爷生命的理解竟然出现过一个巨大的断层。

最早认知衰老是小时候看电视时碰见头发花白的老爷爷老奶奶，总觉得和我一头乌发的爷爷奶奶相差甚远。那时我试着想象爷爷奶奶老去的样子，想象他们头发花白，一口孱弱而漏风的慈蔼笑容，或许行动迟缓，或许胆小如鼠……始终得不到任何画面。这却也并非空谈，一直到爷爷的遗体告别式，我也未能看见一头雪白的发——因为爷爷戴上了平日里不离身的黑布帽，用最淡然的表情闭着永远沉睡了的眼。

爷爷被查出癌症之初，或有意或无意，家里人告知我时并没有将其与死亡勾连得太紧密。我的后怕已是在爷爷手术以后，爷爷已经成功蹚过了一次生死关。或许是因为故乡与家的距离太远，更因为我也逐渐有了更繁重的学业，再加之疫情阻挠；即便返乡路逐渐开通了动车与高铁，我们回去探望爷爷的次数还是越来越少。那之后的五年，爷爷的状况变得越来越模糊；每逢探望，有时会发现爷爷变得健康了一点，有时又变得很瘦弱，甚至皮包骨头。有时他在家中，还会精神地承包些扫地洗碗的家务活，有时则在病房，缓慢地转过头要我们坐下来。爷爷好似卷入了一个走不出的旋涡，忽上忽下地起伏，我们都已经知道结局，可是不愿放弃这明明可以挣扎的片刻。

这种模糊让记忆也变得混乱，我费了很大劲才想起最后一次探望爷爷的场景。时值暑假，我们从火车站直接打车去住院部，在医院楼下遇见奶奶，在她的带领下上楼。病房里的爷爷和家里的爷爷是有区别的，但我始终认为这并非全是身体状况上的区别：只要爷爷在医院里，就会变得很沉默、很迟缓，那是一个病人所应有的姿态。或许刺眼的白在提醒他这一点，或许身遭的一切让他难以忘却终结的威胁了，我也总是畏惧于与病房里的爷爷对话。那时我坐在床侧，一五一十地汇报中考成绩，然后跟爷爷一起安静地看病房里无声的小电视，节目内容我再也想不起来。结束探望后我们去了一趟医院门口的小便利店，购买饮料和面包，然后打车去了老家最大的游乐园，赶夜场观光。那是我儿时天堂，园内有梦幻的城堡，高大巍峨，就横亘在矮小的城市楼丛间。我们观看了游乐园的烟花秀，站在离那座城堡稍远的位置——园内一条人造河的对岸。其实在我的记忆中，从前并没有发现过这样一条河，远离游乐设施，而在城堡背后，那天明明去得仓促，却因祸得福，觅得一席宝地。烟花在水面，在空中同时绽放，与城堡外沿的灯带相映生辉，璀璨迷人。我看了觉得高兴，可是并没有太激动。记得那一刻我想到家，想到医院，想到病房门口为了方便记忆而标上的蔬菜图示，想到爷爷。不仅是他曾经陪伴我游遍此园的情景，更有下午无数眼神交错时的缄默，以及短暂而仓促的热络。那时我想，原来现在的我与故乡隔着的就是一条这样的河。

去年初雪日听闻噩耗仓促赶回，我曾不知所措地祈祷，望高铁窗外迷蒙夜景，偶尔飘雪，偶尔落雨。但我们并没有从火车站直接去往病房，而是回了奶奶家。我疑惑却不敢有猜想，直到进门一刻，未及更换拖鞋，被早先回来的父亲拍抚着肩膀揭秘，他说爷爷走在昨夜深更，走得很安详。我知道病魔到底不会太乖巧，可我宁肯想象那个安详的画面。我的大脑并没有太快被击垮，或许信息的接收其实是一个很缓慢的过程，我只觉得有点眩晕，我听见远处卧室奶奶的啜泣。

葬礼后返程，我们带上了奶奶，她即将面对另一种崭新的、寂寞的生活。而我返校，忙碌于期末考，隐约感到有些情绪被埋得很深，以至于淡忘。直到回春，在一个毫无征兆的夜晚，写作业中途我忽然怔愣，我忽然想念起爷爷，我感到周围在降温，好像回到一个寒冬，猝不及防差点连眼泪也落下来。我看到想象中的爷爷留给我最后一个回眸，在思念情起之初，我居然还犹疑了片刻，需要向自己特地确认一番：爷爷已经走了吗？什么时候，在什么地方，为什么离去，这些事竟然都变得很模糊。

　　我想，或许因为从很小开始，和爷爷的见面就由假期切成了片，所以如今思念竟然也成了片状。新年来临，新的学期伊始，假期已经结束，我才朦朦胧胧地感受到那份思念。而当我与它对视时，它已经化作一团灼人的火，焚烧席卷着成团的回忆将我烫伤。

　　清明回到故乡之前我恰好忙碌而一宿未寝，早上五点父亲推开我房门时已经是准备启程了，我们要赶最早一班车。通宵让时间变得有些虚无，仿佛今朝仍是昨日。我没有任何需要重整的行囊，因为前一天的准备都尚未退下。我披上外套，背上收好的包，出门时仍觉似在梦中。我用夜晚的节奏思考着，像一滴冰凉的晨露在适应朦朦日光，不断打一个又一个的哈欠，后颈感知苦涩的酸痛，连带心脏一同颤动。站立在火车站扶梯向上时，能察觉到平日未曾留意的细微颠簸，如今都如一个个滔天巨浪，几乎要将我覆灭。站立、低头，蓝色的血液缓缓地流淌，我就像夜里悄悄睡着了的溪流，仗四下无人偷起闲。但事实是我一夜未眠而即将踏上征途，我将要面对的并非柔软的森林，而是山风、飞灰与打磨平整的石头。我想，其实有没有睡觉也并没有那么重要，因为睡觉的时候我失去感知，那是空无一物的时光，眼睛睁闭，短来看就是一个眨眼。我庆幸人类不需要冬眠，我忧虑人类需要睡眠，我不解人类为什么会死亡？一切都在单向地前行，如果我们埋头苦对其中的某一个时刻，拼尽全力也只能是战胜过去，昨天，曾经，无意义的霉斑。所以，我们只能感受，只能在坐以待毙途中，轻松地畅享，一直到厌倦了，再走向死亡……

　　爷爷的墓碑尚未修好，我们只对着一块买下来的墓位烧香插花。墓地面对朝阳，膝下有河流，侧畔公路货车隆隆作响。我远眺而目中无物，脚步发虚。我耳中明明响着爷爷带笑的乡音，我大脑仍旧模糊如梦，我站立那秃颓石座前将跪未跪，其实很明白何为死亡，却仍然心存一点疑虑。爷爷到底在哪里呢？我沉默地悲伤，鸟雀在哀鸣，天边涌过流云，春风吹落几丝冰凉的雨……欲祭疑君在，天涯哭此时啊。

雾中渔村

去年夏天，我来到新安江畔的九姓渔村。时间很短，还恰逢上阴云天气。天气所致，我对渔村的第一印象就是一个神秘的地域。

普通的假日，稀疏的游客在长廊上、村民的房屋边悠然行走。我也欣然踏上了长廊。当地的朋友说，这长廊很长，他们平时都喜欢来这里漫步，但不走到头。到头去，不停歇，要走上一个多小时。

长长的回廊，阳光透过厚密的云层照射，就泛出几抹古香。雕栏精致不比那些宫廷院落，却也有渔村的朴素美感。微风轻拂，水面也荡起微波，长柳枝就触碰我的肩膀。离水面近了，就能看到几尾鱼在水中若隐若现。九姓渔村，在悠远的历史中被赋予淡淡的色彩。它不华丽，甚至还有点淡淡的忧伤，带着从前疍家人的卑微，带着闭塞的船上生活，静静沉浮于涟漪间。

我一路漫步长廊，都行走在水沿岸。这水只是池塘，而非浩瀚的新安江。景色虽只是在阴天不变的渔村，长廊一侧却挂满当地人的摄影作品。晚霞下的渔村，船夫驶过的渔村，雪夜的渔村……两侧都是景，一动一静，映衬出一个完整的九姓渔村。

待长廊终于走到头，我也就来到了新安江畔。时值傍晚，走上江堤，我就被眼前的景象深深地震撼了。

连片的雾，浓密泛白，笼罩着整个新安江，连对岸的楼房，也好像跟着被吞没在云雾之中。潮湿的空气在阴天慢慢翻滚着，我却开始偷偷庆幸这大好的时机，赶上了大雾天。这里一直都是这样的吗？这是难得一见的景象吗？平时的新安江，会透彻地展现在游客面前吗？面对神秘的雾，我想象着，好像也被它包裹了。

往前走，九艘渔船静静停靠在岸边。它们看起来并不是货船或游轮，大概是景点之一。此刻九艘船的船身也都被雾掩盖着，只留巨大的黑布帆在微风中微微摆动。九张帆上各有一字：陈、钱、林、叶、许、何、李、袁、孙。那便是九姓渔村的由来。相传九姓分别代表着元朝末年陈友谅的旧部。当陈友谅被朱元璋打败，他们就随陈友谅被贬到浙江的富春江一带，成了渔民，人称"九姓渔民"。时代变迁，他们被明朝官府永远地囚禁在了渔船上，不能与岸上的人通婚，只能以船为家，以渔为业。

现如今往事成为珍贵的历史，沉重难想象。几百年不是眨眼间过去，疍家船在漫长的时间里一直漂浮于这平静而沉默的新安江。有时被大雨击穿，有时被大雾缭绕。我向那天光下若隐若现的渔船里望，好像又能看见几个低着头的影子，怀里搂了两尾鱼。船帆在江上升起，波涛轻语，那影子便向江尽头驶去。

一场春天的仪式

要写的是暖阳与樱花，提笔时却身处一场暴雨。

去看六号大街的樱花，是从曾经在那里居住时开始的一个约定。最初放学路上一时兴起，绕道过条马路便是满眼的春；后来晚上散步有备而去地用帽子收集很多落下来的花瓣，期待一场灿烂盛大的花雨，然而最后抛起时那些花瓣早已飞不起来。

后来搬家到另一处。那以后推开窗台不再能看到小区外日夜车水马龙的景象，而是宁静的绿。这些小区的绿化中似乎也没有樱花——依我至今的观察来说。而那些代替樱花的则是紫叶李。

就像是昨天还在单曲循环的歌突然从平台下了线，我们和六号大街擦肩而过。从此看樱花需要全家盛装出席，挑一个明媚的天赶着不下雨的日子回到从前。

于是昨日我们又专程开车回到六号大街看樱花。一切都太熟悉，熟悉到下了车在早餐店旁边等红绿灯的时候，还以为只是买两三个馒头和一杯手磨豆浆，提袋子付钱就会转身离开，只需几步路就回到了家。

　　路上走过的每个人的背影看上去都很熟悉，虽然住在这里的本来也并不认识很多，但总觉得这条街道就该是随时都会和熟人偶遇的地方。

　　走过马路来到第一棵樱花树下的时候如归故土。那是一种很夸张的心情，这棵树大概总共也没见过几面，却就这么莫名其妙被我划分到了故人一列。

　　六号大街的樱花和那些"赏樱胜地"是不同的，所以它大概永远和这个称号无缘了。这里不是胜地。路上的是形形色色的人，有人骑着电动车匆匆而过，有人推着轮椅在时间里驻足。小孩练跳绳到面色通红、气喘吁吁，某一对情侣折下花枝然后做贼心虚地逃跑。

　　樱花的另一边就是马路，车胎压过地面的低鸣一直都在。或者再往远一点，马路的对面，水果铺老板一边招呼一边利索地削甘蔗。

　　这条路曾经就在我房间的窗前，但我和它并不熟悉。我不常走过那条马路去对面，因为烟火气始终在这一边。

　　背后便是夕阳，于是在光的庇护下向前。手机里的识花软件指认着哪株是东京樱花，哪株是日本晚樱。我们在陌生的故地重游，踏入粉与绿的绣锦。

　　风不羁地吹扬，拂过心间，拂过树梢，一阵未准备好的樱花猝然落下，落在绣锦上。惹人只想收集几片，珍惜起来。两只不大也不小的手张开拦起，它们仍轻描淡写地一跃而开，自我地坠落于繁花以上。

　　手只是坚持着，仍固执而顽强地抓紧樱雪片。无数的跳跃，一片花瓣似乎累了，终于没有反驳地垂落于手心。手轻轻扯住这片浅浅的粉霞，收入口袋，自觉这一片实在有缘。

　　过了一会儿，没什么风了，于是花瓣闲散地飘落，有时也搭肩碰肘以寒暄。

　　樱花是春天的仪式。仪式是有结束的，而且绝不漫长：一次劲道的雨就会结束这场潦草轻柔的仪式。而今天下起雨。

　　在暴雨下湿漉漉地记叙了这个仪式，而停笔时雨也骤停。

　　提笔的缘由即是突然很庆幸昨天的阳光，因为差一点就又和樱擦肩。

生活的形状

　　打开文档的时候才意识到，这已经是我第四个以编公众号的形式度过的跨年，不由得感慨万千。在热火朝天的忙碌中，零点总是悄无声息地到来，甚至又轻快敏捷地离去。这是一种多么幸福的跨年方式呀，用随心的文字，回忆过去一年留下的碎片，然后怀抱满满的憧憬，将它们分享给一些仍在关注着我的朋友。

　　深秋时我去宝石山上的"纯真年代书吧"听了一场读书分享会，今年杭州的桂花开得特别晚，恰好是在那个时候悠悠地绽放。书香载着满堂人对文学热切的爱，飘飘荡荡和桂花的金香舞在一起。下过一场大雨，空气还很潮湿，夜色里走在西湖边，时时得小心踩进水洼潜藏的镜面。宁静的秋色浮动在波光间，朦胧的灯光于雾气中照亮湖面犹绽的残荷，天气已不再燥热，却还是让人觉出几分时空错位般的奇异感。

　　那时候还不知道这个著名的书吧会经历之后关店歇业的波折，更没意识到传统书店在互联网发达的时代已经走到悬崖边沿，但是现在回想，的确已经很久没有随手在书店里买下一本书了。在关店的消息传出来的几天里，无数文学爱好者以他们天赋异禀的情怀成就了许多让人潸然泪下的动人片段。虽然时代发展，文学的存在方式不断地在更迭，但它永远都不会走丢。

值得高兴的是，"纯真年代书吧"终于挺了过来，决定继续开下去。就在今天，他们还举办了跨年音乐会和复活朗诵会。虽然遗憾无法赶赴现场，不过只是听闻也觉得高兴。

同时还有许多种文学的跨年方式在发生。我在网上看到南京大学教授莫砺锋先生今晚以《王半山与苏东坡》为题，与大家分享了王安石、苏轼的诗词和故事。在一众跨年晚会之间，这种以诗词故事为主题的、文学的跨年方式，显得十分独特而又意味深长。

盛夏的时候我们去新疆远行，一家人在乌鲁木齐二十二点的白昼下找寻烧烤店，在巴音布鲁克的天鹅湖认识了一大群陌生的红嘴鸥。我从头到尾总是认得出来其中一只，便跟着它一同发呆，然后听它鸣叫，最后跟它告别。我想起今年看到的《游隼》一书，写的便是作家 J. A. 贝克对于游隼这种鸟十年的观察。他的观察是忘我的，像是把自己也变成了一只鸟，滴水汇入清泉一般的自如。抛却其悲伤，我也很羡慕那样的生活：就居住在天鹅湖畔，与这只独特的（至少在我眼中）红嘴鸥一同度过十年，难道不是一种幸运的人生吗？

初春我们去建德的黄饶半岛看油菜花，金灿灿的花海和天上青涩的阳光一同将我照耀，一棵高大的树挺立其间，好像是世界最中心的坐标点。晚上我们住在梅城古镇，在漆黑如墨的运河边放手持烟花，背后是跳广场舞的人群，伴着喜悦与灯火。夜色渐浓，欢乐的人群也逐渐散去，我们又从古镇上的民宿溜出来，走在空旷安静的古街上，忽然远处打开一扇门，打烊的音乐酒馆里走出来几个少女，其中一个还在唱着，另一个一边挥舞双手一边畅快地大笑。我们越走越饿，便越发渴望灯火通明时随处可见的那些小吃，沿着街道一路走下去，遇到一家由青年小伙看管的百货铺，买了仅剩的一桶酸菜泡面。一直快走到梅城古镇的那一头，终于在巷口遇到了热气腾腾的小铺与人影。大约是一对中年夫妇，推着一车蒸笼，载着热气腾腾的肉包与蒸饺，几乎都被我们三个承包了。是什么样的缘分让我们五个人在这样一个寒冷又让人高兴的春夜相聚？

跨年夜我在新东方上英语课，因为新东方的初中教学即将结束，我和这位老师相见的时光也就即将抵达尾声。平常地上课、抵达教室，出乎意料的是老师给我带了一块小巧的蛋糕作为元旦礼物。那一刻暖流细细地涌进了我心底，在亮堂堂的教室里，对于一对即将分别的师生，那是一种太难以名状的触动。下课以后我迅速地跑下楼，在跨边曾光顾过的花铺买下一束鲜花，然后飞也似的跑回去送给了老师，生怕她已经离开。那束花被我递到她手里，然后我们谁也没有看清谁的表情，我就又关上门匆匆地跑开了。一直到回家，我的脑海里还是回荡着我们互相轻轻道的那声"新年快乐"。

今年我的学业更加繁忙，故写成的作品比以往要少了些，但是依然有幸运的收获。

　　回首过去的一年，不再像 2020 年那样充满惊喜与波折，生活的趋于平静同时也带给我更多珍奇的碎片。有的今天看来好像已经过去了很久很久，有的也仿佛就在昨天。生活是一束阳光折射在纹路复杂的玻璃，有空的时候就可以试着拨动一下它。这个动作没法改变生活的形状，但是你能获得许多从未见到过的奇异光彩。

十字路口

　　在很多很多十字路口的尽头，我们相遇了。

　　上一个周五，小我一岁的朋友打电话来问，我才知道已经又到了一年中考填志愿的日子。我语气轻松地劝她想开点，哪有什么完美的志愿？她却始终恍惚沉默。其实这也很好理解，中考临近时走向命运节点，每个人都犹如身处十字路口，难有不迷惘。

　　那时夏夜，我和同学结束了中考前最后一场模拟考，不再那么关心成绩，下晚自习走出学校，突发奇想，过马路到学校对面的夜宵摊一聚。我们可乐代酒，高举一次性塑料杯，干杯要哈一口气，颇具豪侠风范地开玩笑说江湖再见。之后果然，我们走向不同的学校、不同的未来，在十字路口擦肩而过。

　　有无数这样的故事在同时发生。进入高中，面对新同学，我们依旧没能抛开这些回忆太远，相熟以后开口仍是"我有没有跟你说过我的那个朋友——"云云，恨不能将我们那些平凡的过往翻炒入味，再泛出几抹金黄。

按成绩择校的规则发挥优势，进入了同一所学校的我们的确都有相似之处，相似的过往，相似的平庸，相似而神奇的朋友。就好像我们其实是世界各处散落的配角，等待主角出现，又走成一个十字路口，擦肩而过。许多故事喜欢留下这样的悬念，跟主角分别后的某某会如何？又因为故事跟着主角走，而不曾留下答案。但如今，这个问题的答案已经被我找到了：我们的十字路口其实通向同一处，我们最终会相聚在一起，共同继续书写一些无人问津的故事。

前两天我们学校发布了今年的招生宣传片，我才恍惚发现时间已经流逝一年。晚上梦见我和过去最好的朋友一如既往为中考上了一整天补习班，晚上十点半坐车回程，穿过漆黑的隧道，再见夜幕，我的朋友已经偏着头睡着，离我很近，路灯在她脸上留下一个个柔和的晕影。然后车辆忽然下倾，我从高中宿舍的双层床上醒来，手里紧攥着凉被一角，额面有风扇吹过。我一时再难入睡，蹑手蹑脚下床梯去阳台看夜景。我大概并没有睡多久，夜幕未沉，车流仍然通明。忽闻身后窸窣声音，才发现我的两个舍友也跟着下了床，用好奇目光看我。寝室小阳台狭窄，却恰好能挤下三个人，我们拉上窗帘和阳台门，获得一个与世隔绝的空间，悄声谈笑，断断续续聊了很多话。渐渐地，我不再感受到梦中的寒冷，甚至触碰到一些幸福的温暖。当我抬起头，忽然看到夜幕明亮，眼前有车流、高架桥、十字路口，转头能望见新朋友眼中的灯火闪烁。

在很多很多十字路口的尽头，我们早已不再谈论旧友，我们已经拥有了崭新的相遇。

年味深处是故乡

四岁之前，年是一碗浓稠的甜羹。

在我幼时的记忆里，年是热气腾腾而有声响的：厨房里热气氤氲，茶几上摆满各色糖果糕点，大人们忙得不可开交……小小的我最在意的却并不是年夜饭要吃些什么，总是迫不及待地要跟着表哥表姐去长街买烟花。我尤为喜欢一种摔在地上会发出"啪"的一声响的响炮，总爱着它与表哥表姐一同埋伏在街角，冷不丁吓到一个路过的大人，我们就赶紧偷笑着跑开。不觉间旧年的最后一缕阳光已在飞扬的鞭炮灰间向我们挥手道了别，奶奶也从厨房端出了最后一道菜，年夜饭就这样在我们的响炮声和欢笑声中开席了。

四岁之后，年是一碗不断被稀释的暖粥。

我们从家乡搬家到了杭州，刚开始的几年，每逢假期就会坐四个小时火车回去探望。后来我进入小学、初中，表哥去了上海，表姐去了乡村扶贫支教……大家庭渐渐变成了一个个的小家庭。

长三角的城际高铁越来越快，我们却各自因为学业或是工作的缘由，相聚越来越短，春节几乎成了大家每年唯一一次团聚的机会。年这碗粥逐渐变淡，但我透过这漫漫的路途开始望见了温热的团圆。

今年的年是从我们收到的一只硕大的泡沫箱开始的。

因为疫情，我们没法回到故乡，爷爷奶奶就决定来杭州过年。尽管爸爸一再说杭州"菜篮子"应有尽有，他们还是坚持要从家乡寄来各种食材。朝发夕至的快递帮了大忙，这些食材安然无恙地冒着冷气抵达了我家。泡沫箱里 17 个袋子挤得满满当当，贴上了熏鱼、酱鸭、牛脯各式标签，都备注了是该冷冻还是冷藏。爷爷特意订了下午的高铁票，因为出发当天早上他们要买来最新鲜的水芹菜和小区门前老张师傅家年年手工抓出的春卷皮。从家乡现买的水芹菜，加上寄来的黄牛肉丝、豆腐干、黄花菜……十几种食材炒制而出的春卷馅儿，包在薄得几近透明的春卷皮里，放入油锅里翻腾，白色的春卷一点点变得金黄，春卷的香从厨房的玻璃门缝里钻出，记忆中儿时不曾在意的年味一下就从脑海深处掀起了波涛。随后的几天，奶奶每天在厨房忙碌，累了就坐下歇一会儿，然后继续做。妈妈想帮她分担，奶奶总是说"能做一年是一年"，妈妈便不忍夺去奶奶的"阵地"，只在一旁打打下手。这样一直忙到除夕，整个屋子已经无声无息地被一种叫故乡的味道慢慢填满。

年夜饭后，我帮爷爷奶奶同时连线上了表姐和表哥，在一个群里视频通话。表姐支教的乡村年前大雪，于是就地过年，她给我们看她支教的小学新建的宿舍。在上海的表哥因为学的是西班牙语，主动选择外派去了中北美和加勒比海地区，他的理想是让当地人都能用上中国的手机。奶奶不能理解在大公司工作的他为什么要离家万里，十分不放心地再三叮嘱他要注意身体，表哥笑着答应了奶奶。

对远在他乡的他们而言，年变成了一碗稀粥。水光在粥米间晃动，倒映着幼时的我们一起放响炮的身影。

我得意地转过镜头，给他们看奶奶新炸出的春卷。表哥表姐隔着屏幕被馋得大呼想家了，大家都笑了起来。我们互相祝福着平安，在视频里相约：明年春节，定要一起回家过。

远去的亮粉色

像春时被遗忘的银杏和秋季被遗忘的樱花，我们是至此再不会被记起的故友。

——题记

天有些阴沉，刚下完雨，好些日子没有见到阳光了。秋日的天渐渐冷起来。这样的天气，和那天如出一辙。突然兴起地回到牵挂着的母校，踏在不再属于我的操场上，看着那些陌生的孩子的奔跑，有一种"笑问客从何处来"的疏离感。

我默然地看着，操场上的人影渐渐模糊，一群熟悉到不能再熟悉的，穿着统一的亮粉色单薄短袖足球服肩并肩的孩子庄重地踏上了还有些湿滑的足球场。其中一个穿着11号队服的和我那么像——啊，那分明就是我。我醒悟：这是我们的最后一场比赛。

我记得那时我们的心情。

再输一次，我们的队伍就要"出局"解散了。比起在全市称

霸如日中天的文海男足，我们这支为了参加区级比赛而临时组建
的女足队实在孱弱到不堪一击。

　　仓促上阵而从未经过训练的我们，就这样凭着同是文海人的
微薄默契保持着从未进球的纪录艰难地度过了三场没有胜势的比
赛以后，居然没有想过放弃。我们都知道彼此心中的沮丧以及最
后的坚持是多么强烈而脆弱，于是面带着宽慰和微笑向彼此说：
"加油，我们能行。"

　　即使队友间的实际水平确实存在很大落差，但是我们的队伍
看起来仍旧整齐。粉红队服亮得有些刺眼，可是在暗灰天空下的
单色足球场上，正好显得我们仿佛理所应当用尽全力狂奔。

　　对手据说是所有队伍中最强大的，同时也是去年这个比赛的
冠军——其实去年他们拿冠军的时候，文海还根本没有女足队呢。
过大的落差很容易使人察觉不到希望，可是我们没有。没有来源
的自信像没有来源的鸟鸣一样带来了能量。

　　我们终于上场了。

　　我们的守门员是一个很敦厚温柔的高个子女孩。金边圆框的
眼镜反射下，看不清眼神。不过还是能从她凝视足球的动作里觉
察出那份渴望。位处边锋的我也开始配合主力前锋的动作——球
此刻在我们的掌控之中。对面的球员一副有恃无恐的样儿，好像
根本不稀罕来抢球。这反而使我们有些不愉快和惶恐，越发乱了
阵脚。

　　"为了文海，为了我们，加油！"

　　守门员忽然大声地喊了一句。不用回头确认，甚至不用停顿，

她的嗓音是那样与众不同。于是忽然之间，两个前锋不约而同地传球向前跑去，那样迅猛，像两注粉色流泉霎去。对面的一个后卫却毫无讶异，迎接远道而来的客人一般跟上前，熟练地一旋身抢去了球，传给守门员。

能感觉到我们队的人已经全体屏住呼吸，此刻那个"万众瞩目"的球在天空划过一道靓丽的弧线，安安稳稳地来到我方后场。我这才发现对方的前锋早已神不知鬼不觉地站在门框边上了！

本就从未训练的我们是没有队形安排的，于是全体就这么逐着球奔近。可是来不及了——那个球已经随着一脚漂亮的勾起跃入门框——可是没有进框——它向我们的守门员的头部射去了！额头正上方，看着都能感到眩晕。

下一秒，裁判的哨声如同撕破迷雾的一响，全体队员都冲向受伤的守门员。她已经疼得哭了，呜咽着把头埋在膝盖中间坐在地上不让我们看。于是我们只好从她膝盖缝里听到闷闷的声音。

"我没事，不用担心，我们都要继续加油！"

她坚持没有下场，也是我们人实在少，根本没有候补的守门员。

于是我们看着这位刚刚被撞了脑袋的女孩，面带微笑，摇摇晃晃地站了起来。

她是我们的慰藉啊。我们也报以一笑，然后回到战场。

因为守门员的情况，我们很默契地拼尽全力没有让球回到我们的后方场地，只是在前半场徘徊，不过……大概现在的对战情形就像是一群野狼和一群小兔的肉搏一样没有悬念吧。

忽然，一个冰凉的雨点落在我身上——下雨了。

天空已经在不知不觉中越来越阴沉，雨也越发磅礴起来，很快浇淋了我们全身。在秋日的凉风中让人时不时打起冷战。看不清其他人的脸，可是亮粉色队服和足球还是很显眼。忽然，我们的前锋滑倒在地。草场上湿漉漉的泥水一滴、两滴地溅起，浊了她的衣。我甚至好像听见她倒在地上时"嘭"的一响。然后仿佛听见火山爆发的隆隆声。

不到一秒，她忽然抬起天鹅般的头颅，用雄鹰似的眼神盯着面前不远的那颗黑白球体。她站起来。我听见谁在欢呼，谁在呐喊，谁在高唱。然后那个亮粉色的影子，在风雨中顽执地撑起一道彩虹。我们看到她像是飞起来，引领着球向门框而去……

我回过神来的时候，操场上亮粉色的身影全部消失了。跑动的陌生的孩子还在跑动着，从未离开过一样。他们还是他们，我还是我。可是从此再也不是女足队的队员。

九年，熟悉了这座校园。一步两级台阶要怎么跨可以刚好踏到最后，哪个老师比较温柔抑或中心广场的地球喷泉有 11 层圆环，一楼的导语只有一行字，二楼是两行，三楼则刚好是三行……

能吃到斑斓的扬州炒饭和金灿灿芙蓉虾就会很开心，青菜的叶片里可能会偶遇蜗牛和青虫。2 号打饭窗口通常会最先开启，饭桌从前其实是白色。除了现在浅绿的饭桌，还有冬天的白色雪花，春天的粉色樱花，夏天的绿色香樟，秋天的黄色银杏。女老师的花裙子，沉稳红和清新绿的操场，疑似橙白色的教学楼，雅亭转角处的苍翠大树和大门口的灰石雕，我们亮粉色的球服……

可是我还没有记清楚哪一层的消防栓上写的是什么诗，时常忘记每节课的上下课时间，甚至还说不出体育办公室是在办公楼的一楼还是二楼，不知道红色、粉色、黄色、橙色、绿色、蓝色的校牌分别对应哪个年级……

可是——

如果——

没有如果。一切都再也回不去了。

像春时被遗忘的银杏和秋季被遗忘的樱花，我们是至此再不会被记起的故友。

最初被遗忘在操场角落里的那只已经破旧的足球，它是一切的经历者。过往的瞩目是永恒的纪念，而灰暗则是为了更辉煌的未来。如今的文海，新的女足队重建了吗？现在的她们训练有素吗？我不知道，也从此不会听说。因为在我心中，文海永远是那个我所存在、生活、热爱的文海，她的女足队成员从来都是那天在雨中，在赛场上翱翔过的"亮粉色"们。

永远不会改变。

无夏之年

　　近日来气温骤降，添衣的速度总也追不上冬风。我坐在高中寒冷的晚自习室里，脑中忽然响起一些并不熟悉的旋律，反反复复挥之不去，从底色缓慢上浮，逐渐变得惹人注目，终致我不得不停下笔来回想，意识到那是一首泛滥的流行歌，在歌唱一些平凡的爱与拼搏。说来奇怪，我平时并不听这样的歌曲，可是那些音符无比清晰，个个确凿，竟然像是偷偷在我脑海扎了根。与疑问僵持良久，却几乎没察觉，随旋律浮现的画面已经慢慢变得清晰起来：辽阔浩大的健身房，朝向天花板的视角，我看到教练的发梢，她的一个笑容，然后听见音乐缭绕。我忽地恍然：那正是今年伊始的某一个春夜。刚刚过去了不到半年，此刻脑中旋律却遥远得惑人，仿佛隔世。

　　我仅开启了十几年人生，被升学普通地划分成几个长短不一的切片。其间断层则像一片片迷茫的雾，匆忙而缺乏滋味，在记忆海里自然地遭遇淡忘。正如幼儿园的我想象不出小学的我会如何如何，今年备战中考时，我也对未来的高中生活缺乏成熟的构想，偶尔会觉得人生辽阔如旷野，眼前的无数条分岔路，我都可以像是欢腾流淌的溪水那样去逐一涉足；更多时候则埋头于其时眼下一场苦战，盯着中考倒计时那命运的沙漏。

今年夏天以前，我是极其忙碌的。之前鲜少补课的我，为了弥补短板被迫走进补习班却当头撞在双减的高墙上；漫游于教材试卷的书堆，还要经历体育中考的考验。但那乍眼而论枯燥不堪的一段时光，实际上也夹带着许多许多的故事。

与这位教练相识，正是在那时。因为中考里体育也有着与其他学科重量一致的分数，而我身体素质向来愁人，所以人生第一次迈进了健身房，在私教的带领下开始了强身健体的道路。健身房分工明确，她专负责的是"拉伸课"，具体来说是用类似于按摩的方式替我舒缓肌肉所遭受的痛苦，来加速骨骼生长，抵御更剧烈的重负。相较那些魔鬼般的体能训练，每周一次能够躺在按摩床上度过的拉伸课是我最向往的时光；如今坐在自习课的冷板凳上腰酸背痛，就愈发令人怀念。

但对我来说，她带给我的还远远不止这些。我能够清晰地想起，她是如何领着我去前台签到，整理按摩床上的薄毯，指引我躺下，再连接馆里的音响放起她的歌单。而后拉伸开始，她会向我讲述她的故事。每次只来得及呈现一个片段：有学生时代的历险，曾经做程序员枯燥的上下班，勇敢地辞职追梦成为横漂在横店起早贪黑跑龙套的时光……她把横漂们的内部阶级划分和每天的日程讲解得有滋有味，艰苦却异常欢乐，充斥缤纷的色彩。我虽然闭着眼在接受按摩，眼前好像也浮现了梦想的色泽。不过她鲜少提起从混得风生水起的群演到成为一个健身教练之间的这段经历，我也没有开口询问的勇气。可是我确实对此疑惑，这么灿烂的人，勇敢而鲜活地去追寻了自己的梦想，为什么现下只能屈身一座小小的健身馆，用碎屏的手机连接公共音响，放出一首廉价的流行乐呢？照她自己的说法，是运动使她感到前所未有的充实与快乐。然而时运不济，正赶上疫情肆虐，健身馆隔三岔五遭歇业禁令，收入微薄得尴尬，便开始拖欠他们的工资。我知道这件事时已经临近体育中考，其时我的成绩在训练时已经能擦到满分的边，开始逐渐拾起一些信心；结果就在毫无防备的一次闭馆后，我没再见到过她，我的其他几个体能教练亦然。后来在手机上联系才得知，他们一同在一幢遥远的写字楼从零开办起了自己的健身房，竟是去继续逐梦之路了。

　　同时遭遇剧变的，还有给我补习学科课程的老师们。当时"双减"政策实行，补习班遭到取缔，我的老师们开始一个接一个地失业，在城市流离，走出了许多艰难的分岔路。有些从此不再教书，转行去了公司上班，更有的直接离开奋斗拼搏的杭州回到了老家，也有一些选择了转向高中部，挑战新知的教学。有老师为我上最后一堂课时哭了，将眼泪藏在严密的口罩和匆匆挥过的指缝里。那堂课上了很久很久，下课以后她也迟迟没有离开，我下楼从街道向上看，仍能看见倒映着车流的窗边那个模糊而安静的身影。我与这些老师，同在最艰难的时刻相处，自身难保时仍旧不曾忘记关怀，共同憧憬着终战的中考之夏。然而结果其实不尽如人意，无论体育还是其他学科，我取得的都只是预期之内而并非理想的成绩，我的老师们也多经历着焦头烂额的挫折；不占地利的健身房特殊时期更难招揽生意。我只能看着她朋友圈里断断续续出现的宣传视频，在人海浮沉中默默献上祝福。

中考结束当日，我收到了那位拉伸教练的问候，陆陆续续还有几位补习班老师的关怀。那一刻我才恍惚而迟钝地意识到，跨过中考时我甩脱的并不只有冗杂的苦苦复习，还有很多此生或许不再相遇的情谊珍宝，只不过互联网带来一点微薄的慰藉，我们不必言从此江湖再会。我逐个回复过去，说一切顺利，事实也的确如此，并没有任何意外发生，只是同样缺席的还有奇迹。然后我去了商场，要和家人一起用一顿庆功宴，结果餐厅全部被一家舞蹈机构的小孩霸占，原来正好在商场里举办汇报演出。商场一眼望去皆是身着粉红色蕾丝舞裙的未来，我回想起更早以前我也曾有一段这样的时光。所以，这些欢声笑语，未来也将走向和我相同的命运，在考场铃里寂静吗？避开人群在角落的拉面馆草草用餐时，我模糊地想道。

在那之后的一段时间，我经历了久违的放空，获得很多渴求已久的空闲，每天醒来都虚幻地意识到时间在正常行进，我正走向一个中考前绞尽脑汁也拼凑不出碎片的平常的未来，甚至平常到我都无法从中抓取出一点记忆的细节，只是一切泛泛。我盘踞书桌闷头写了一些文章，然后一篇篇投出去，换来杳无音讯的深渊；尝试未曾挑战过的兴趣，学习架子鼓和街舞，在烈夏闷热的练习室里昏昏欲倒；买回了一些我喜欢的乐队的专辑 CD，然后因为家里没有 CD 机而搁置到蒙灰。然后如同流水行舟，我只躺在远处，未来便自行趋近，我得知中考结果，得知未来的高中，被分入还算理想的班级，就着一个个神秘的微信简介，为新同学构想人物画像，完成暑假作业，开学，在炫目的夏日阳光里，走过新学校宽阔无荫的人行道，彻底划入未来的怀抱。

2022 年 1 月 15 日，南太平洋岛国汤加海底火山剧烈爆发，形成的火山灰柱直径达 5 千米，高 20 千米，后续又经历多次大规模喷发。科学家预测火山灰将长时间飘浮在地球大气层中，2022 年地球将经历一个"无夏之年"。据此回答下面三题……

这是一道高中地理题的题干，读来心里一跳，又恍惚想起 2022 年的夏天其实已经过去。现在看，它当然是炽热的，没有人会怀疑这点。可是细细想来，我又觉不尽然。做到这题时是一个秋日的星期一，其前的周末恰好是今年的最后一波高温天气。那个周末我去到了西湖边，被升高的气温催促着脱去了外套，仍然一直有点冒汗，恰好浸泡在夏天的余韵里。当时我来到太子湾公园，在南山路上遥遥地听见违和的噪响，直到拿出手机搜索查证，我才敢确信，自己居然非常好运地赶上了一年一度的西湖音乐节。因为曾经留下过美好的回忆，又恰好缺乏计划，半途加入本该成为一个很好的选择，然而或许是气温太磨人，也因为预告海报中并没有我特别喜欢的乐队，投身这场狂欢的意愿竟然也并不太强烈。在入口边的石桥沿坐了一会儿，看来来往往穿着鲜艳的人流涌入，隐约听见音乐响起，我尝试着穿过外沿的树林，隔着一条荒僻的小溪遥遥地看见了灯光闪烁的舞台，也听见了还算清晰的歌声。我和另一些陌生的人一起，站在那溪边的大树下，静静地听了一会儿欢乐的歌声，最终离开了。

时间再往前推移一点，我最喜欢的乐队在这年夏初也曾来到我所在的城市巡演，狂热时我曾搭乘高铁跨省去追逐他们的演出。那天我明明幸运地有空，却并没有前往。后来听说他们队内发生了矛盾，那一场演出几乎在台上吵起来。今年春天，这支乐队就解散了。当时我因为住校无从知晓，周末回家的路上才从母亲口中得知了这则噩耗。我感到像在做梦，却并没有太大的情绪起伏。好吧，我说，也早该散了。即便前一夜我还偷偷将 MP3 压在寝室硬板床的枕头下，戴着耳机高兴地听着他们的歌。

好像摇滚的热情在我心中稍纵即逝，好像这个夏天其实并没有来过。是否无形之间，我们其实可以去怪罪那隐入了大气层的火山灰群早早夺走了我们的夏天？那天过后的周一，气温便骤降。冷风吹拂，我们被笨重的棉服束缚了手脚，就从离开音乐节的那一天起。

晚自习行进，我回神时正望向窗外。春天将至，白昼也在逐渐拉长，直到刚才，天空都依旧呈现一种空旷而浑浊的青涩，像透光的丝绸，慢慢归为如墨的漆黑。新环境早已失去神秘感，新同学也已经变得很熟悉。在交心的信中，我的新朋友说她最近经常做梦，梦到她过往的旧朋友，梦到中考前一晚住的那家酒店，梦到酒店地下车库里晃眼的灯，她与旧朋友对视，沉默，听到刺耳的鸣笛，最后化作一片洁白的眩晕。我们将过去式使用得当，仿佛一切真如过眼云烟已经随风飘散，但我知道并没有，因为新朋友在信的最后署错了年份。我们遗忘的其实是新一年已经度过的三个月，我们其实难以忽视那段荒芜的眩晕，我们其实无法告别那个无夏之年。

回春后有一阵天气忽然很热，那时春雨还未来，我们几乎要穿短袖，考虑换掉冬天的被褥。炎热夜晚我做了梦，梦里我的那位拉伸课教练一如既往静静地在给我按摩，背景里有模糊而嘈杂的音乐。我听不清，只觉得太安静，太寂寞，几乎想催促她说些什么，随后她的确开口了。她垂着的长睫毛抬起来，一双眼里似有泪雾，她问我，夏天在哪里呢？我惊得醒过来，坐在高中宿舍的床褥间沉默。

樱花绽开的时候我和朋友们意料之外地又听了一次乐队现场，是学校举办"樱花文会"，开放一天活动日。传闻学长学姐有段破碎的爱情，一方为表纪念，大费周章将另一方最喜欢的乐队请进了校园，要为他们的感情送别。这是一支名不见经传的小乐队，但至少也是个乐队，所以我和朋友在前往学校路上都很激动。她在去学校的路上将这支乐队的歌曲听了个遍（仗着一个年轻小乐队正常情况所该拥有的作品数量渺小），从而表现出了超过我们的了解，但也仅比而已。学生们的表演匆匆闪过，四个染发文身的青年突兀隐身于着校服的人群里，一曲毕谢绝了主持人舞台式的报幕，以属于乐队的节奏就这样一直演下去，悄无声息割裂了一点高中校园的森严秩序。那时天空阴云密布，樱花将落未落，我们随着音浪起起伏伏，感受到春天的气息，好像忘掉了很多事情。

她拥有着绝对漂亮的心，澄澈、温暖。

即便她只是本分地生活着，也能够悄无声息地感动像我这样的很多人。

卷
二

面
孔

∨∨∨∨∨

老　柴

一

古镇的空旷广场被全国各地的非遗铺子铺满。特色各不相同的悠久历史气息，也是一种繁华。陶艺、印染、雕花、酿酒、剪纸……这些铺子前都很满当，形形色色的游客观赏着，不时就有人买几样小物件带回家作纪念。每个铺子里的老手艺人都是一个活的故事，都有一种无声的宏伟。

这就是一年一度的非物质文化遗产节。类似的节日，在全国各地不断地上演，时间不同，地点不同；只有这些铺子里的人，并没多大的变化。

或许下一次的节日，对面的铺子还是那一家呢，老柴想。

老柴的铺子很安静。背着太阳光，也不晒。他能听到薄薄的塑料背景墙背面热闹的喧嚣声。那大概是个雕花的铺子，总是有人问，老板，这件东西上雕的是什么？

他们哪里是老板呢，他们不过是非遗的传承人，是文化的见证。他们受欢迎的原因也不完全是因为工艺或者生平有多么精彩，可能只是因为雕花做在哪儿都实用、好看。这些文化的意义，于这些事不关己的游客而言，不过是一种微不足道的纪念。

老柴不是老板，老柴就是老柴。他缓缓侧过身子，把用钩子挂在展铺侧壁的手织蓑衣理了理。蓑衣是棕榈皮编的，可是棕榈皮扎手，那些细皮嫩肉的小年轻不大喜欢。

一个上午过去了，老柴的铺子前面只有两三个游客停下过。他们看了看那些棕色的扫帚尾巴般的东西是什么，然后走了。

老柴把老式鸭舌帽的短小帽檐又拉低了一些。不看就不看。

这才只是上午呢，等到了下午，太阳照样会到老柴的铺子上来。

不是说，一蓑烟雨任平生嘛。老柴就是个编制蓑衣的手艺人，他就是什么也不怕。

二

老柴是廿八都的老柴。

衢州的廿八都，是个山清水秀的好地方，却也是个被时代遗忘的世外之地。黑瓦白墙的整齐古村落与周围层层叠叠的山群，彼此呼应着。这里的游客倒也很多，目的性也更强——他们注重的不再是那些器物的美观，而是这个千年古镇的风韵。

老柴的作坊是一间矮小的黄土坯房，门口就是廿八都古色古香的窄街。这房子不是老柴自己的房子，老柴的房子已经都拆迁了。黄土坯房的墙壁仔细看处处都是破败，泥水、岁月和尘埃的烙印，粗糙得就像是老柴的手、棕榈的皮。

老柴的左手只有四根手指，无名指没了。他以前房子被拆迁的时候不舍得，总还进去拾拣些旁人看来毫不值钱的老玩意儿，结果最后一次进去的时候老房子塌了一块，把老柴的手指压没了。

老柴是个手艺人，编制蓑衣更是要手巧，他那双手就是歌手的喉咙、思想者的头脑，是吃饭的东西。可是老柴就是为了这么点破烂的老物件，把金贵的手艺人的手给压成了残疾。

有很多人都以为老柴从此要不能再做蓑衣了，还有人为他庆贺，说是终于放弃了这赚不着钱的营生。老柴一家子都没人在做蓑衣了，老柴的手艺最初是从他的表哥那里学来的。他表哥去世很多年了，他表哥的儿子也没有再动过蓑衣的念头。老柴有两个儿子，可是大儿子卖橱柜，小儿子卖保险，他们宁可做些别的辛苦活儿，也不愿做蓑衣传承这样没有未来的活儿。

老柴说，要是他停下来，他们整个家族就要和蓑衣绝缘了。他担当着重任，他要当家族的英雄。

虽然老柴不说，但是村里人和老柴的家人都知道，老柴不过是要当自己的英雄。

三

老柴编制蓑衣的技艺，已经能称得上是一绝了。尽管在村民们看来，老柴不过是每天都在和一大团棕榈皮斗争，日复一日，毫无变化。

老柴对蓑衣是很专情的，所以对原材料也极度挑剔。那些粗的棕榈皮都是用来挑担、干粗活儿的，蓑衣是细活儿，不挑剔怎么行。老柴总是说。

老柴的蓑衣铺子前，是一条很窄的小道，房门前挂着蓝边黄底的倒三角旗子，上边是打印体的"蓑衣作坊"。他并不需要吆喝，这四个字和门口疙疙瘩瘩挂满棕制品的黄土墙，已经足够说明他是谁。

他有两张摇摇晃晃的长木桌子。一张放在挂棕制品的黄土墙前，再摆上些棕制物件；一张则是放在正正的铺子前，自己搬个板凳，就坐在那长桌子后面，有时候半个人都坐在门里边；神情专注地编制蓑衣。

这也是他不吆喝的原因。做蓑衣是什么？是艺术。创造艺术的时候，是容不得市井喧嚣的。虽然文化水平只有小学二年级的老柴并不会这么说，但他的确这么想。

制作蓑衣是一个很复杂而艰难的过程。

先是采集棕榈皮。老柴总是要亲自去精挑细选，一块棕一块棕地拣出最好的。

接着开始准备棕绳。先是把棕榈皮抓碎成棕绒，就是那些大团大团的东西；然后拉直，把棕丝一根一根拉出来，取长的，短的便又不能要。

再就是捻线，把那些长长的棕丝搓捻起来变成细细的线；然后把两三条线又搓成一条细绳，这个绳子才可以用来编制蓑衣。经过缝制领口、塑形、拍打，再穿针引线、定位，最后密密缝合连缀而成。

老柴创造艺术总是无比专注。有时他的余光和潜意识会捕捉到有游客的单反摄像头对准了他，有时他会发觉有游客在他身旁一声不响地站上不知道多久。制作蓑衣的过程就是这样漫长又宁静，老柴并不在意这些看着他的人，只是站在他自己那可能是全廿八都最破旧的铺子门口，把背佝偻成一个垂直的九十度，眼里除了棕，再无他物。

廿八都古村落的某个转角，蓝黄色旗帜下最破败的房屋前，面对着斑驳的砖墙和窄窄的石板路，有位头发花白、年过花甲的瘦小老人。他微微斜侧地朝着石板路尽头的身影，像是在守望。

四

老柴的那条窄路和斑驳石墙另一头，是一个根雕艺术的店铺。廿八都这样的古老村落，那家根雕铺子跟老柴的黄土坯房可谓天壤之别：华贵古朴的大店面上挂着精美牌匾，还是请了个民间书法家题的大字，只是老柴也看不懂那写的是什么。长长的房檐伸出来，几乎把一整条窄街都给盖住了。

根雕艺术品件件都贵得很，几个手艺人好吃好喝地坐在大院子里一点一点地雕，雕一会儿还唠嗑几句，热闹悠闲。游客们看了也乐意：瞧，多精致的花纹！带回去当个纪念品，贵一点也值得嘛。

编制一件蓑衣，要耗费的时间可是半点也不比根雕少。一件成人能穿的大蓑衣，好的要编制上整整六天之余，光是棕线也得耗去好几斤，更别说老柴对棕皮的要求奇高，成本无法可想。

最重要的是并没有人买。

各式雨衣的盛行使得蓑衣失去了本身的实用性，放一件扎手的大蓑衣在家里也确实没有根雕来得气派。老柴看着手上的活儿，摇了摇头，借佝偻了九十度的视角看见游客的彩色运动鞋从他的蓑衣铺子前边走过。

……如果，做点别的呢？

老柴不像别的老手艺人，他很会创新。瘦得青筋暴露的手抵在破木桌板上，满是褶皱和斑纹的手指在桌面上敲了敲，老柴缓缓蹲下身，从臬子旁边的一捆棕榈皮里又抽出一张，开始了他创新的道路。

老柴的蓑衣铺子上不再只有大蓑衣，还有两只手掌那么大的小蓑衣、棕榈皮编的凉拖鞋、鞋垫……他把看起来粗糙得不成样子的棕丝一下儿一下儿地编在一起，小而有神的眼睛一刻也不放开，嘴抿着，显得他那消瘦的下巴更加像个锥子了。老柴的背还是佝偻成九十度，明明身后就有一把竹板凳，可是他一干活儿就绝不坐下。

老柴的创意回馈给他的是日渐晴朗的生意。从那以后，老柴做棕制品时驻足的游客也越来越多了。那些手机和相机把老柴的英雄行为传播了出去。越来越多的文博会和非遗嘉年华上，也有了老柴的身影。

老柴以前总是戴着一顶老式的鸭舌帽，后来若是出席很重要的场合，就会换上高高的毡帽。老柴创作时其实常常也不戴帽子的——九十度的弯腰守不住帽子。只有一个沉默的花白的头顶，始终朝向热闹的人群。

只有从更加近的角度才能看见那层镀着光的专注，细致且柔和。

文博会上的老柴会端端正正地坐在布面铁支架的靠背椅上演示怎么编制棕榈皮。他还是抿着嘴，而嘴角又分明带着笑意，小而精灵的眼睛有一种别样的和蔼。老柴还是像往常一样拿着他最常用的粗大铁剪刀，本就显瘦的手一用上力就更加青筋暴露，每一个动作都很认真。老柴的藏蓝色棉服上沾了点灰，还有细碎的棕丝，可是老柴整个人仍然干净利落。

有几个学设计的大学生，就是在这么个文博会上遇见了爱创作的老柴。

他们大概也没想到，一位看上去很拘谨、很沉默的老人，笑起来也很开朗……用手机也可以很熟练。老柴就是这样的老柴，他努力地跟紧这个时代，不放弃任何的机会。

大学生和老柴顺利加上微信以后的日子，给了老柴许多精妙的设计稿。他们说，如果把棕做成这样，定然也是一种美。

老柴微微眯着眼睛，用粗糙的手指一下一下划拉着屏幕。

棕刷、棕垫、茶袋、杯篓、茶罐仕覆、茶食容器……

有些字老柴根本不认得，也不懂是什么意思。但是老柴知道，这是棕榈皮的希望。越来越多做工精致古色古香的棕制品出现在老柴的木板桌子上，越来越多的游客喜欢在老柴的铺前驻足。老柴抿着嘴、嘴角带着笑，他的手上、身旁、心里，都是棕。

老柴对面的斑驳砖墙都比他的土房子要高得多。不过太阳向来都公平，那砖墙也挡不住光，在每一个每一个的午后，温柔又沉默地来到老柴的铺子上。棕色的棕制品，摆在木头桌子上、挂在黄土墙上，都应和着那点阳光，汇聚起一丝一缕的温暖，照射进老柴明亮又固执的心。

老柴的破黄土房子成了廿八都一道独特的风景。"蓑衣作坊"三角旗下边不再净是蓑衣，老柴却仍然是那个把背佝偻成九十度的老柴。

他不说，村里人和老柴的家人也都不知道的是：老柴做的不是家族的英雄，更不是自己的英雄。

老柴是蓑衣的英雄。

※ 作者手记

初识老柴于一处古镇。那是古镇一年一度的非遗文化节，平日空旷的广场上架起一个个蓝色的棚子，许多特色手艺人应邀而至。每个棚子里都盛满了陈旧而宝贵的故事，一个个的片段和信念，化作无声的企盼，映射于那些老人的眼底。老柴的店铺相较那条街上其他光鲜的铺子冷清很多，但是展示的手艺在我看来也最独特。我路过那个蓝棚子时，老柴正站在作为展台的桌板后面。

铁桌板上堆放着一大团杂乱的棕榈皮。那时候阳光正巧在他棚子背面，显得那一片的棚子都十分昏暗而无精打采。老柴沉默但面有笑容，晶亮的眼睛直直看着来往的每一个游人。他穿着薄薄的长袖衫，细瘦、青筋暴露的手臂在捋起的袖口露出，顺着看过去就会发现那根缺失的手指。我就此遇见了老柴。他是一位老人，有着沉默又骄傲的微笑，眼神明澈透底。

那天趁着阳光不在，我们笑谈他的过往，轻而平静地谈论着手指、文化和传承，告别时还加上微信。他不会打字，消息是一个字一个字画出来的，但是能使人认得。也正是在这时候我才发现他其实是个非常努力地在跟着潮流的老人，他对于手机的操作一点也不笨拙。

他三番五次地邀请我去他的家乡廿八都。那是一种难以想象的热情，炽热而诚恳。我第一次时就激动地答应下来，然而总是因为生活中种种事没能去成。于是他托游客录视频带我参观了那间只能容下他一人的小作坊，破旧的黄土墙以及那里的一切才入了我的梦。

在"老柴"之前，我还曾在这个古镇上结识或了解过好几位坚守着不同事物的老人。他们的技艺有一个共同特点，就是原本传承下来的手艺已经开始失去原有的必要性。工业、机械的发展带来了流水线式的快速生产，传统手艺因为其晦涩与精妙反而不再被广泛运用于生活之中——人们不再需要蓑衣、传统风筝和手工糖。一种绝响般悲怆的气质逐渐在这些"濒危"的传统技艺之间扩散开来，当手艺人逐渐变成了守艺人，那些坚守是否尚存意义？当现代人在快速飞跃的时代里逐渐忽视了历史的醇香，要怎样才能带着这些非遗文化追赶上时间的脚步？

我认识的几乎所有非遗传承人，现在都在思考一个这样的问题：创新。手工糖开始从纯粹的白糖添加上桂花或者草莓粉，风筝和蓑衣则缩小成袖珍的模型。老柴所做的创新则更为彻底，他脱离了蓑衣的外壳，利用棕榈皮编制出各式各样的生活用品，企盼着其中的一部分仍能够被运用于生活，仍保有着实际作用。从他自创的凉拖鞋、鞋垫，到后来设计学院的大学生们创造的棕刷、棕垫、茶袋、杯篓、茶罐仕覆、茶食容器……老柴是勇敢的。无论会遭受怎样的挫折，他都会用九根手指、几块棕榈皮，与时代的浪潮抗争到底。

李 红

医院的分诊台是耐心的死角，几乎没有人能够在这个位置上保持着耐心和真挚的笑容。我在医院看病的这段时间，见过很多种分诊台的护士。他们大多是女性，有着同样略显憔悴的面容和烦躁的语调。我当然能理解他们的心情，这是合乎情理的怒火。他们被急切而无聊的问题浸泡着，在病恹恹的氛围里忙碌地过着每一天。那些病人或者病人的家属能在那种场合问出来的问题简直超乎想象。有重复，有不解，有坏脾气。有的根本简单得不像个问题，即便在示意牌上加大加粗的字体拼尽全力展示着答案，也解除不了这些人的疑惑……这些何不足以击溃一个分诊台护士的耐心呢？

但是有一个护士真的做到了。我去风湿免疫科做第一次检查的时候遇到她。李红长得就很干练，短发，一副红色的细框眼镜。大概是这个科很少遇到小孩，她看到我的时候也有些惊讶，但只得按流程让我去量血压。她始终能在三言两语之间清晰地指示出我们下一步的方向，尽管她面对着无数的病人。她的语气很温柔，尾音稍稍拉长，有点像逗小孩，即便她所面对的其实大都是老人。那天我莫名地感到很安心。

之后我们大概半个月去一次医院，也就每半个月见到一次李红。我之所以知道她的名字，是因为她胸前的名牌。我第一次看见，便深深记住了这个名字。因为她人如其名，干练、热情。每次见到她的时候，那一个小时的车程和此后打针的触痛也都被治愈了，我总感到无比安心。当然，这份记忆不是对等的。即便我是一个特殊年龄的病人，也没有被她记住。于她而言，我只是那人海中的一个。之后因为是复诊，我们不再和她多有交流，只是挂号的时候问上一句"十五天内有没有出省、咳嗽、发烧"。

但是这个会面还是变成了我单方面的仪式感。每半个月见一次李红，好像她是亘古不变的事物。即便我们去医院的时间有所变动，她也会一直在。

有一次，我们去复诊的时候没有看到李红。爬上医院六楼，风湿免疫科的门牌下，是另一个焦躁烦闷的分诊台护士。我怅然若失，停不下来想象她到底去了哪里，甚至有些不安。她不再做分诊台护士了吗？她的热情也终究被这苦闷而冰凉的职业耗尽了吗？她是否感到疲累，又是否厌倦了呢？……瞬间，其他分诊台护士的身影一一掠过我眼前。我觉得这是一份真正不容易的职业。但我还是想念李红。

那天我们恰巧还挂了耳鼻喉科的号，因为有其他毛病要检查。当我怀抱着忧虑下到四楼，却在耳鼻喉科分诊台看见了她——李红。我愣住了，开心得不得了。即便只是简单的挂号、询问、到旁边等候，李红也只是一如既往地做着和在楼上一模一样的事情。她绝对想不到的是，有一个病人会因为看见她工作乐开花。

那以后的复诊，我又能在风湿免疫科分诊台看到她。于我而言，她是一个神秘的存在，因为除了她的职业和名字，我什么也不知道。但是她深深刻进我记忆里，列在人间奇迹般地存在那一栏。她拥有着绝对漂亮的心，澄澈、温暖。即便她只是本分地生活着，也能够悄无声息地感动像我这样的很多人。

火　地

（一）

我们坐在那块偌大的铁板前，头戴高高白帽的厨师与我们面对面。他站立在铁板之后，手持着两只铁铲将鲜嫩的羊肉翻炒起来，油汁发出滋滋的响声。每个桌前都站立着一名厨师，身着同样的白色厨师服，头戴同样的白色厨师帽。他们低着头，将羊肉、牛肉和其他的肉料翻炒着，日日如是。他的神情专注，然而很明显受到了目光的鼓舞。有时候他会面对一些低着头看手机的人，那时候的他与在后厨并无两样。或许他喜欢表演，或许他曾经梦想做一个演员。如今他也未能面对镜头，但是他翻炒着鲜嫩的肉留存在很多人的相册里，被拍得或清晰或模糊。他知道有些人只拍到他的腰肢和手，有些人刻意避开他。那些美食才是镜头的主角，而他或许是一位化妆师。

我想如果我能每天晚上都坐在他的桌前，或许就能看到更加丰富的味道。或许有挑剔的客人坚决拒绝孜然与胡椒，或许有莽撞的小孩被铁板烫到了手，而我想象不出他会如何面对，因为他并不必要赔礼道歉。我想也许有时候他会厌倦这份重复的表演，也许他会试图和有趣的客人聊天。也许他会听到很多朋友之间的私语或是家庭之间的纷争，也许烤肉的滋滋声会隔绝这些嘈杂。在我每天都来看他之前，我只好无尽地猜测着，一名烤肉的厨师看到了什么。

他会收拾碗筷吗？当热腾腾的肉片被盛进客人的饭碗，在气温的裹挟下逐渐变凉、变硬，也许直到客人离开都不会受到关注。他会看到自己的艺术品被遗弃在荒凉的盘子里，他会认为那是自己的艺术品吗，他每天会做同样的菜肴吗，他遇到过似曾相识的客人吗？

（二）

十九天之隔，却不料那位杨姓师傅已然离开了火地。他的身影在一个个的白色厨师服中模糊，我已然忘记他的面孔，更不记得他翻炒牛肉时漂亮的手法。我只知道他是一个中年大叔，大约当了很多很多年的厨师，去过很多很多家饭店。我出神地问眼前正在为我们烹饪的年轻厨师，杨师傅呢？他说他已经走了，去其他的饭店。这是我刚开始不久人生中罕有的一次错过的相遇。我最终决定把注意力转移回面前的年轻厨师身上。他的头发被高厨师帽束起来，于是脸侧只剩下两只大大的招风耳。他个子很高，两只胳膊细长地挂在身侧，动作轻快利索。他翻动铁铲的动作如同真正的舞蹈家，手腕如流动的鱼那样飞泄于不存在的海洋中，那鲜嫩的肉也就吐出一个个气泡。但我更喜欢他做炒饭的样子：当一颗鸡蛋被他用一只手轻巧打碎，黄白分离，一团冷饭也降临于滚烫的铁板；他将蛋黄首先挑起裹挟进饭团之中，再把凝结的蛋白切碎。那些米饭沾染了胡椒粉和酱油后也变了色泽，从白到秋天般璀璨的金黄色。米饭像散开的鱼群那样游离于偌大的铁板，离群的饭粒在铁板上扑腾着，跳跃着，一点点高就又落回去，被恢恢的天网束缚着，却又好像时刻要苏醒过来。我方才开始明白，原来他是在唤醒那沉睡的冷鱼群，原来他让冰封的海底世界复苏。这就是铁板之力。

江边长颈鹿

上周末傍晚，我在江边散步，路口偶遇了一个卖动物型凳子的摊。老板正在把造型各异的凳子从面包车上一个个搬下来，摆成两横排。有形似小狗和小象的，扁平的背脊是柔软的坐垫；也有像恐龙和长颈鹿一样的，在坐垫前是伸长的脖子，足有一人高。五彩斑斓的颜色，五花八门的形状，无不吸引着行人的目光。这当然也是件奇怪的事：有人在江边唱歌，有人卖冰棍和饮料，有人摆摊玩套圈，却没有见过来江边卖凳子的——谁会从这里买一把这样的凳子回去呢？

——但这句话说得太早：上前细看，我很快就被一只黄色的长颈鹿凳子吸引了目光。长颈鹿有两个型号，大的坐着很踏实，像游乐园里的旋转木马；小的灵巧些，却又不怎么实用了。老板摆出的是一只绿色的大长颈鹿，我看中的黄色只有小号。思量再三，跟老板约定等他下次来江边摆摊的时候带一只黄色的大长颈鹿来，我们再买下。老板也很爽快地答应了。

　　约定的时间是周一。我们一家兴高采烈地上江堤，准备好要去迎接新的成员。这当然是值得高兴的事情：奇妙的缘分，让我们遇到了一只（放在家里也许就变成了闲置品的）长颈鹿，并且我们都很喜欢它。可是当我们走到先前他摆摊的地点，并没有看到长颈鹿的身影。

　　长颈鹿失约了吗？神秘的行踪，又因为未曾留下联系方式，我们无从寻找。听江水也像惋惜，警示牌边悬挂的被人遗落的钥匙串在风中与铜制牌面撞击，发出铃一样的声音，衬得我们好像在海边走。

　　星期六晚上，我又不死心地去江堤寻找长颈鹿。幸运的是，在江边朦胧的夜色里，我找到了心念着的长颈鹿。巨大的黄色长颈鹿站在路口最显眼的地方，像前几天看到的那串钥匙，在等它的主人。老板见我们过来，高兴地笑，说终于盼到你们啦。他周一临时参加了电商的网络会议，由此耽搁了来江边的行程。

　　在聊天中，我们逐渐了解到这位神秘老板的故事。他从前是做外贸的，可是受贸易关税影响，外贸成本越来越高，他的事业也就越来越艰难。到 2019 年，他开始了新的探索之路。

　　他做沙发一类的家具，也就顺着开发了符合儿童心意的动物凳子。平日在家居城展销，正月里跑景区，一天能卖数百。如今他也开始学着做电商，在抖音开设直播，研究流量机制……至于江边的摆摊，意图却不在赚钱，而是交友。江边每天散步的人形形色色，会为状貌可爱的动物板凳停下脚步的不在少数，会因此和老板攀谈的也确有其人。老板说，他已经结交了许多有趣的朋友了。我同时也敬佩他的探索精神：随着时代努力前进的，卖动物凳子的老板！我们和他一同站在摊前，不停有小孩驻足，走向自己喜欢的款式，有些就这样赖着不肯走了。老板跟我们说，像这样小孩特别想要的，十有八九就是成交了。

我两手扛着巨大的长颈鹿，跟老板告别，往回走。路灯高高将我影子打在面前，更像是个抱着长颈鹿在散步的人了。我也因此吸引来路人的目光。有些人耳语道：还真的有人买呀？好像是最开始看到长颈鹿的我。

这时候比起获得长颈鹿更高兴的，当然是结识了一个有趣的人。老板说，他有空还会来这儿卖动物凳子，招呼我们有空再来看他。

扯白糖

十七座古桥在潋滟的水波上曲折，沿河便是古镇安昌。一户户人家在早晨摆好了自己的店铺，乌黑的檐顶下是收敛不住的悠久气息。阳光没那样猛烈，风没那样凶悍，仿佛古镇是个与世隔绝的地方，是个没有时间流逝的地方。那样长的两条沿河老街，竟鲜见一个店里有年轻人经营的身影。可是每个看起来有些风霜的微驼身躯，也感受不到苍老的气息。

我们来得很早，赶上了第一只乌篷船。这是我第一次乘这样的船，可是心中并没有多少不安。水域显得亲切，透出几分墨色。踏上船，没有太大的波动，船平稳地掉转身子，在水面上留下渐渐逝去的痕。没有颠簸，仿佛会轻功。船夫手脚并用地划着，一路还介绍着景点。

其实我之前并没听说过这个古镇，直到上周末白马湖畔的文博会。作为非物质文化遗产的代表之一，我们看到了传统的"扯白糖"技术。没有细究，只是买回了几包——这才发觉其中的美味。一股香甜沁在心头，裹住那块坚硬。可以含在嘴中细品，一刻钟时间也不会完全融化。可以一下嚼碎，也不黏牙。甜的不腻，可是味道不淡。奇妙的滋味实在有趣，这才看到包装袋上赫然的几个红字："安昌古镇，彭记祖传扯白糖。"

抱着挂念，很快就真的来到这里。想得出神，于是顺口询问了船夫这里最好的扯白糖是哪家。

"扯白糖？那可是我们当地的特色！最好的就在前面……转角就能看到！啊，我们这边扯白糖千家万家，名声响的多，名声小的更多。可是最好的永远属这家吧，没有外面太大的虚名，可是做得踏实……"

船夫很热情，我背对着他坐，声音从脑后传来。带着点口音，能说会道。他戴着一个大斗笠，就那样终日是江上的居客。

转过角，船很灵活地钻过寺桥的桥洞。一排长长的房屋，净是五花八门的店面。几位老人已经开始整理准备营业，船夫朝上喊了一声。

一位老人抬起头，健步走到岸沿。身姿挺拔，头发却已经斑白。他看向船夫，嘴角绽放一个大大的微笑。我也看着他，猛然想起什么。

檐下挂了很多红边黄底的旗，其中一面就在那老爷爷的身后，旗上写着几个古气的字——彭记扯白糖。船离岸边不远，可以清晰地看见那老爷爷的身影。那个身影很快就和文博会上的师傅重合了。我立刻激动起来，船也停靠岸边。我顺着有些粗糙的石阶上岸，铺着石头的路上也透着往日的气息。扯白糖的爷爷背光而立，身体被镀了一层金边。他的眼睛有神，时常地笑着。一点儿不胖，体形线条分明，蓝白格子的衬衫裹上纯白围裙，虽不是一尘不染，却也令人觉得干净。我向他说明，我们是因为他才来到这里，他显得很高兴。我非常荣幸地得到机会近距离观看他的制作。

游客已经开始来往，在道路上行色匆匆的样子。我不着急，走到店铺后边看着他做。他们没有在店里边，这一排商家都摆出来了布棚子，面对着店面，背倚着河水。他摆好了蒸炉，倒上纯净水。炉中的水烧着，我们便聊起来。他很自豪，自己是这传统技艺的第四代传人。可是说到下一代，却明显陷下去。声音小了一些，显出几分忧虑。他仍然低头瞧着炉子，看不见脸。可是我知道，此时那张干净的脸没有笑。

"我只有一个儿子，他会做扯白糖，可是不愿意做……"

声音带着方言，我也是连蒙带猜。可是意思全明白，这大概也是一种奇迹吧。

水烧开了，他揭开一口大缸，里边满是白砂糖。拿起一只饭碗，"哗啦哗啦"地铲了满四五碗，又盖上盖子。拿起一根长长的拌柄，把水和糖搅和在一起。虽然还没完全均匀，熟悉的香甜弥漫在鼻尖，这大概真的是我尝过最美味的零食。此时在柜台后拌糖的爷爷并不显眼，许多游客与铺子擦肩而过。我真为他们感到惋惜，错过了世间难得的美味。

糖已经有些凝固了，老爷爷拿起一个纯手工打造的铁把，蘸了蘸滴在另一个铁板上。然后用手去拿，刚刚的液体居然就被卷起来。似乎很烫的样子，他卷了几下，把手放在嘴边一吹，甩了甩才继续。我并不懂得这之中的原理，可是觉得很神奇。过了一会儿，他把那块已经凝固的放回锅中，再把锅中的液体全数倒在一个铁盆里。

铁盆放在一只稍大的冷水盆中，漂浮起来。半液体的东西像蜂蜜般的蜜浆，也是那样的黄色。这次做的是桂花味的扯白糖，于是他抓起一把事先准备的桂花撒进去。桂花不少，刚好覆上硕大的铁盆。不知怎样搅了一下，深浅呈圆形分明了，像朵向日葵。

他的手上满是突出的青筋，却并不显得瘦弱，在我眼中却十分神奇。那液体似的浆，边缘已经凝固了薄薄一层，轻轻一掀向中间带去。蜜浆像是装在了塑料袋里。"塑料袋"自己又软塌下去，蜜浆泄出来。铁盆在凉水中旋转、晃动，老爷爷一遍遍地重复着，液体的流动越来越慢，仿佛一个婴童逐渐成为老年，脚步都变得蹒跚。桂花绣在橙黄发亮的半透明蜜浆间，仿佛镶嵌了无数水钻。竹席挂在江边，我们不至于被晒得如何，可是水中反射的光芒不可阻挡。光芒烁得人难以睁眼，那浓浓的香甜却让我更不舍错过。

最终蜜浆近几凝固，到了扯白糖最精彩的环节，真正的"扯白糖"。把那白糖做的蜜浆搭在刷了色拉油的一根平滑铁枝上，两头拉下来再缠在黑色的自制铁棒上。我知道这铁棒意义重大，它承载着多少年月的光辉！先是缓缓地缠绕，渐渐拉长了，也顺了。一圈一圈，像是套上了围巾。老爷爷很认真地看着那长长的糖条儿。一甩，一甩，因为地儿不够大，所以并没有太多绚丽的花招，就是一圈儿、一圈儿地拉着，仿佛永远不会腻烦。黄色的蜜浆已经基本凝固，一点点变成了白色。甩在空中的刹那，我仿佛真的看见一道漾着金光的彩虹。

此时围观的人多起来，青年们纷纷拿出手机拍摄。而此时我就在他的身后，我也是画面的一员。我多么高兴啊，自己竟然也会有这样的机会。

成形了。一大团面面似的糖，被放在自制的隔温袋里，抽拉出一截，持着大黑剪刀剪成了一块块的糖。袋中时是热的，剪好就凉了，也慢慢硬了起来。这一块地方顿时被围得水泄不通，围观的人，买糖的人。我站在一边，还帮着和别人说价钱。统一是五元一袋的，量足实惠，真是让人喜欢。

我正沉醉于其中，老爷爷忽然抽出一只手递过来一块刚刚剪好的糖。我接过来，还留有余温。热气在舌尖蔓延，糖还有点软，却完全不黏牙了。许多人看了过来，此时我都觉得，这分明是爷爷与亲孙女。

我享受着一切，享受着变慢的时间。江面上仍时不时有乌篷船经过，却是在我背后。站在铺子之中，我自信地抬起头。

我自信，我仿佛也是这美好古镇的一员。就像那铺边，寺桥下的水面上，游走的倒影。

岁月偷不走的甜

我曾吃到过热的扯白糖。由内而外的热，浆糖流动的热。像是两岸铺面间那条金灿灿的河流，徐徐地缓缓地，从彭爷爷的两指间来到我的手心，在十月的暖阳下。那道河流是热的，它流淌进我的口中，却不黏牙，像是那河道上的乌篷船来来往往，化作丝丝的甜。

扯白糖全由白糖制成。"扯"这个步骤是手艺人最光辉热闹的时刻。要是手法漂亮老练，糖便会像长虹那样飞甩到空中，划过漂亮的弧线，引来无数路人围观。

可比起那段人尽皆知的扯白糖的大戏，我印象更深的是那之前白糖从砂糖粒被融化成半透明琥珀色的章节。发黑的不锈钢盆无声地承载着醇厚的糖浆，戴着乌毡帽的彭爷爷独自低着头，弯着腰，埋身于那片香甜的天地。与扯的步骤相反，这是手艺人孤独的时刻。当我凝视彭爷爷头顶的帽尖，就会感受到那种深沉的等候。香醇的糖浆逐渐开始拥有生命力，周围的空气也变得甜美。

我惋叹那些行人与扯白糖遗憾地擦肩而过，也期待着等候之后的时刻：彭爷爷将那糖的一头拉挂在木头桩上，另一头挂在手中满载岁月痕迹的黑色棍棒上，然后一拉一扯，热腾腾的糖浆被抽拉而出，直扯出一道金黄的长虹。

时逢非遗特色古镇安昌的周年庆，我再度来到这里。热闹的集市一如既往地坐着许多面带笑容的老人，他们看起来都是那样健康而鲜活。但是岁月总会流逝，那集市也以最细微的动静悄然改变。岁月终会偷走那河流上粼粼的波光，或许在更加久远的岁月里也会偷走这些传承了多少辈子的非遗文化。

我寻觅着那个熟悉的身影，甚至鼻腔早已充斥扯白糖的香甜气息。有一瞬间我担忧他没有来，就像是另一位我所认识的手艺人那样因病失约。不过幸运的是，我还是找到了他。

这一次彭爷爷并没有埋下头在做糖浆，也没有挺着腰板在扯白糖，只是独自一人坐在铁制的柜台后面，柜台上安安静静地摆放着几包洁白的扯白糖。我们有一年多未曾见面，他看起来似乎老了一些。

我不知道总是一个人独自扯白糖的彭爷爷是否会感到孤独。他看见我时神情意外，随后露出了笑容。他迟缓地起身，然后从柜台上拿起一包、两包、三包的扯白糖，他说，让我拿回去慢慢吃。我也笑。我们在那个热闹集市的寂寞小角落里，被甜蜜包裹着，笑得那样开心。

可是我还是没看到他有任何准备开始做扯白糖的动静。周年庆自是人多之际，难道不趁此机会多加展演推广吗？闲谈两三句后我便问出了口。他听完问话，笑容顿住了。我已有了不好的预感。

我看见彭爷爷少见地像一个真正苍老的人那样微绷起嘴角，也开始注意他比以前显得憔悴的痕迹。他抬起手，慢慢摘下那顶朴素依旧的乌毡帽，低下头露出了一个疤痕。那不是一个旧疤，也不像意外事故所致的那样狰狞。他停顿了一会儿，说，他做了开颅手术。

这时我才注意到，旁边一个中年男子走过来，看到他脱下帽子时露出担忧的神情。微胖的身材站在精瘦的彭爷爷身边像是对比，憨实的神情又让人觉得踏实。彭爷爷笑着说，我收了徒弟了，他现在还拉不好，下一次让我徒弟拉给你看。

热腾腾的甜意再一次蔓延上我心头。彭爷爷的笑容正如同那扯白糖一样简朴而单纯：扯白糖真正只有白糖一种配料。是他的巧手将那平淡的砂糖炼成彩虹，又化为洁白的糖块，那糖块流动着的心脏便是非遗传承的热血，是彭爷爷和他的徒弟，以及从前的彭家溇代代守护的传承之核。

现在我有理由相信，彭爷爷是不孤独的。即便岁月会一次次地偷走那扯白糖的热气和非遗传承者们的青春，扯白糖那由内而外的永久的甜也早已浸透在遗留于指尖的黏意，浸透在每个曾经尝到过它们的幸运者们的心底，犹如那条取之不尽的金色河流。

敦睦窑

秋日里气候转了凉，最是品茗的好时节。彼时午后，我们一家人便都围坐在茶桌远上，眼睛跟着母亲手里的动作游弋，淡色的茶汁也在杯盏之间流转，其热雾仿佛是母亲那双优雅纤巧的手凭空勾勒而出，其香气更是实实地落入了我们鼻腔；考究的茶具在阳光下倒映出的清澈光影，满桌琳琅，是一套釉中彩的白瓷茶器。一壶一公道，四只品茗杯。壶身与公道杯上的荷相映成趣，品茗杯设色淡雅，一两支苇叶自底而生，三两朵梅瓣似随风坠入，几片菩提不经意地分散在杯沿，都是点到即止，欲语还休。其中的壶又俨然是主角，从容而瞩目地立在一众杯具之间，怀纳一捧清雅的乌龙叶，白得通透。壶壁更有一朵荷花携荷叶攀上，似乎随着茗香的秋风轻轻在眼帘浮动，随倾倒的动作露出的壶底可见三个湛蓝的手写字：敦睦窑。

这情景毫不遥远，甚至茶香犹在鼻间缭绕，可接下来的瞬间，疾如秋风扫落叶更迭了画面，另一种声音更加清脆刺耳、哐当跌落在地，那是瓷器破碎的遗响。我们余悸存心，愣愣地与它对视了半晌才回过神，那是雪白的一顶茶壶盖，失手间被扫落在地，薄瓷坯当即碎成了纷繁的大雪，无瑕的瓷壶也就此失去了相配的壶盖，显得落寞而憔悴。

这把漂亮的壶是母亲多年前从台湾带回来的。

所谓敦睦窑，便是取自林敦睦先生之名。他与夫人邵老师共在台北经营一座小茶室，这釉中彩与白瓷的融合，使白瓷拥有了色彩之灵动的点睛笔便是他的独创。那年在台北，林先生便是用那双制瓷的敦厚手掌端起只手绘的白瓷茶壶来。那壶面生着一株荷花与荷叶，留白的部分很恰当地缀着两三片荷花的瓣。随风飘扬，翩翩地卷起茶的芳香。蜜黄的茶汤，淡淡地从壶中流进公道杯，再流进每个人的品茗杯。冻顶乌龙的独特香气，恰好缭绕在众人身间。每一滴茶水、每一笔描绘都刚刚好，偌大的空间里只余邵老师悠悠的古琴之音飘浮。在这默默无语的沉寂间，徘徊的却是种无声胜有声的崇敬，只纷纷捧起这珍贵的一口茶缓缓饮下。温热淌过舌尖，一丝沁香的淡苦之后，是慢慢回味的甘醇。于幼时的我或许太难理解，现在却也能朦朦胧胧地恍然。这便是岁月的况味了。

在还没有敦睦窑以前，林先生专习的是工艺美术，而邵老师一心国乐，浸泡在传统文化的深蕴里。后来有了目标，林先生便四方游历以博识瓷艺，邵老师箱中巡演的乐器也变为了仔细包起的瓷具，在各地茶馆茶行展示介绍。再后来，便是林先生负责设计监工成器，邵老师试用品察，反复修酌以将茶韵融于其中，终成款款内外兼具、精致高雅的茶器。

　　那些青涩的尝试说来到底也有了年头，而茶器在两人的心中由兴趣到事业，最终已成为信念。此间韵味深深地嵌入了这茶室之中，无论茶前焚香挂画之举抑或屋中央那枝伸展了全厅的枯树，听来都是有声的，闻来都是有韵的。正如邵老师所言，茶器本身只是太小的一部分；因器而茶，才是这些年来两人切身的体悟。不论是相随于他们一生的那份过往，还是曾经给予我们震撼的一隅，是中华传统的茶文化在沟通着每个人的心神，将海峡两岸乃至世界都连在一起。

　　此时亦然，碎了的瓷也并不能损毁这份精神上的牵挂，每瓣碎瓷都仍然承载着同样厚重的气韵。出于相同的原因，母亲不愿就此与这套茶器告别，即便已是经年，也抱着一份期待点进了微信列表中当年邵老师的聊天框，在空白且积尘的界面上向海峡对岸发出了消息，希望能够再购得一只相配的茶壶盖。

　　她的头像一如故往，还是一只精巧的品茗杯，只是印象太浅，不敢确信是不是之前就挂着的那一枚。可直到点入了她的朋友圈，我才看见了其中变故，那段文字明明白白写的是："敦睦先生已经离开我们两年了"……

　　那段文字之后，是一份纪念展的海报：

他/东拾西玩　终于在茶器上停留

他/东雕西捏　最后才想到

用自己的名字题款：敦睦窑

窑还热着

椅却凉了

杯杯盏盏全铭刻着：

敦睦先生/人间一游

　　窑还热着，椅却凉了。这种寂寥的感伤，透过一汤已浸润了很久的茶汁，像是苦进了我心里。邵老师却没有被这醇厚的苦涩击倒，而是继续守着这座温热的窑。其间的辛酸明明是那么难以消解，最终外现的也只是一句被洗涤清淡了的陈述，下文就是对新茶展的介绍了。敦睦窑，离了敦睦先生却仍在被秉持、被坚守，每道绝伦的孤品茶器都被赋予了细细的解读，更不用说是谁的手笔。茶室迁了新址，装修布置却是一成也没有变，就连那枝拙大脆弱的枯树也运了来。两个人的坚守削去一半，信念之坚定却毫不消减，在漫漫的时光中柔韧地前行。如茶室其名"拾岁小玩"，是要将"耽于悠漫的岁月重新拾起"，是要去"细细品味，从古器到雪白新瓷，伴着茗香，细尝有温度、有气味、含苦带甘的人生"。

　　一种甚于方才的忧伤当即临了我的心，在那漂亮如故的茶器下，藏的却是一段多沉重的坚守啊。

　　再向下，是一张邵老师的近照。画面上，她的发白了些许，却仍似当年那般轻拨着古琴韧劲的弦，柔和而平静，却又有着不可摧的气势。慈和的笑容仍然是她的笑容，但在照片这静止的一瞬中，她那坚实的情态又如同在坦然地许诺一件事：她是不会变的。

　　本来的忐忑在这个瞬间被彻底放下了。那只是一张静止的照片，却让我们的心无比镇定。一种文化的雄浑之力轻而易举便越过了破碎的实器，不用言语，甚至不必声色，便将我们按回了多年前那张台北的茶桌，如捧一杯清暖的冻顶，徜徉在茗香里。果不其然，很快我们就收到了邵老师的回复。她说，小小一个茶盖，刚好有，送给你当礼物。

　　她说，谢谢我们爱用敦睦窑。

窗　外

平静的江南村庄，斑驳的青瓦白墙，房中，阿尧在写作业。

那一张张洁净整齐的字，让人惊异这竟是一名留守儿童。妈妈为生计远去外地打工。留下的只有外婆农田里站着的这个懵懂的孩子。阿尧和外婆相依为命，与妈妈只能年三十才得以碰面。此时，他正专心致志地在窗前学习。

阿尧的外婆靠售卖自制的香菜来养活祖孙俩。这里的香菜并非芫荽，而是一种江南人家熟悉的时令小菜，采用初冬新上市的高秆白菜为原料，腌制而成。

阿尧写完满满一页，放下水笔，松了口气。他望向窗外。

那里，有个辛劳微驼的身影。他知道，因为母亲远在千山万水之外，那个身影是他唯一的依靠。每年自初冬时节起，阿尧便看着外婆在窗外的院子里，将新摘的白菜一颗颗洗净，在阳光下晒透，再一刀刀切成细丝，加上自家特制的调味料，浇上菜籽油，用力调拌。

此刻，她正吃力却熟练地用两只满是老茧的手拌着一缸缸香菜，虽说是寒风瑟瑟，背上也湿透了。过了一会儿，她仿佛实在吃不消了，把两只精疲力尽的老手撑在瓷缸上，呼出一口浓浓的白气。

休息片刻，她用汗津津的肩膀挑起两只装满香菜的木桶。

于是，一阵阵苍老的吆喝声由近及远。"卖——香菜喽！香——菜嘞！"

阿尧很仔细地听着，他喜欢外婆的吆喝，虽然带着点疲惫，却自然有着一种安心和悠扬，像是老电影里传出来的不散旋律。这吆喝声是他孤寂童年的背景音乐，一声又一声，绵长深远地盘旋着。

每天，外婆蹒跚的身影越过高高的芦苇荡，那个微驼的身躯在田地里一瘸一拐着，不一会儿就有人围了过去：外婆的香菜在村里是出了名的，家家户户都知晓。

一阵冷风吹来，那扇木窗发出嘎吱的声响，阿尧望着窗外空落落的院子，自言自语地说着些什么。他习惯了封闭在自己那个小世界里，虽孤寂至少不会心碎，因为脱离出那个小小的美好，就会有思念疯狂涌上来。阿尧经常这样，总是自顾自地说着，说着那些自觉挺好玩的事，脸上时不时仍会闪过一丝不明显的忧郁。他总是望着那个有回忆的方向，总是奢望着，下一秒，能够见着妈妈，永远不再分开。

这一天，已近除夕。

这一年，妈妈说过年要加班，就不回家了。

他想着，上个年三十后的初一，妈妈被窝都没焐热，就连夜赶回去工作了。那是个下雪的年三十，他幸福地笑着，和妈妈一起堆了一个挺漂亮的雪人，他将那个雪人牢牢记在心里。妈妈走后，他又去看了它，可雪人已经不在了。

窗前的阿尧满腹心事地望着院子里的那一小块空地，那是一个站过雪人的记忆角落。他知道，那个角落有过一个笑容灿烂的雪人。它想必也和它的家人团聚了吧。

"卖——香菜喽！香——菜嘞！"

外婆的吆喝在田间荡漾开来，一个憔悴却执着的身影越过了高高的芦苇荡。

他知道那是外婆归来的身影，放下手中的笔，阿尧开门向外跑去。因雨水泥泞的小路，阿尧赤着的冰凉小脚溅起泥花……芦苇湾的人们都可以隐约看到远处的芦苇荡间有一个小小的身影，跟在一个有些苍老的影子后面，接过她肩膀上的扁担，东倒西歪地跟着。这个清晨，芦苇湾的所有人都听见了这样的悠扬的声音："卖——香菜喽！香——菜嘞！"接着一个鲜亮的小男孩嗓音应和着："香——菜嘞！"

芦苇湾的声音由近及远，渐渐听不到了。两个好听的声音，在雨后有些泥泞的芦苇荡间回荡，徘徊……

金鱼看见

1

第一秒时，尚不知身在何处。

圆形鱼缸的折射让每一道色彩都被拉得无限长，棕色、白色与其他的杂色，每一次轻微动弹便换了模样。它需要很久才能适应过来——它适应了整整一秒钟。

这是一座处在青弋汇畔的老房子。木地板上白色柜子规规矩矩地摆放，为了省电而没有开起大灯的房屋透着夕阳的光。屋里陈设经久却仍干净，博古架高处有件一个手掌大的木制工艺品，爷爷奶奶把它放到架子上时却用了两个手掌——生怕有一点碰撞。

工艺品雕刻的是一对老夫妇，老爷爷戴着眼镜凝神看着报，老奶奶则织着毛衣，背微微弓着。两个人坐在长椅上，长椅边还卧着一只狗。老爷爷、老奶奶、狗，尽是惬意的神情，好像世间苦恼一概不值得挂心，哪怕岁月已然一步步将他们送至尽头。

这件工艺品是去杭州工作的儿子儿媳搬家前留下的。搬家时爷爷很不舍得，他理想的一碗汤的距离变成了300公里。奶奶豁达地劝爷爷，孩子们有自己的前程，要支持。

可是背地里奶奶才是最不舍的那一个。

孙女就是在奶奶的呵护下长大的。她从小到大一次也没有摔过跤，奶奶总是骄傲地说。但是去了杭州以后呢，没有了奶奶的守护，她有没有在水泥的路上擦破过皮，有没有把眼泪掉在染了点血和泥的脏裙子上，有没有在胳膊和腿上留下终生的疤痕？

奶奶经常看着那件彩色的工艺品，就像金鱼那样看着。工艺品刻画的是老爷爷和老奶奶，他们都很鲜活。工艺品没有刻画出一朵太阳，太阳却也很鲜活。

太阳晴朗的光无言地照在报纸与毛衣上，毛衣甚至有些微微发烫。狗的毛就像在风中被轻轻抚摸着那样，它那样享受。

奶奶家没有狗，奶奶只有鱼，一尾好看到了极点的金鱼。

2

第二秒时，摆动了一下鱼尾。

金鱼的尾鳞反射着太阳的七种颜色，红橙色身子光滑灵动。奶奶眼中的它实在漂亮，也不知是因为年纪磨花了眼睛还是事实本就如此，这尾金鱼身上的每一片鳞都仿佛完美无瑕。

奶奶有一儿两女。儿子带着孙女儿媳去了杭州，大女儿则因为煤气中毒去世了。

奶奶曾为此落泪：她明明是那样坚强，像个英勇的骑士，守护着身边的一切，与岁月做殊死的斗争。

大女儿去世了，外孙还在。外孙比孙女大很多，也很优秀，已经去国外留学了。

金鱼有时候会看见奶奶给阳台上长寿花浇水的背影。长寿花就是外孙寄来的，他说等花开时就会从西班牙毕业了。到那时候，就会回来看望外公外婆，看望他已故的母亲。

3

第三秒时，拍动了三次腹鳍。

半透明的腹鳍很快速地扇动。想来它还是三年以前，孙女去外面游玩从游戏的鱼池里捞上来的。每天在儿童小渔网的夹缝中躲闪而又无处可藏，次次地看着身边漂亮的同类被细铁丝与白色棉线的网拥抱，罕见地在水面之外看到太阳发着恒定的光，继而落进半透明的红色塑料袋。从小鱼池的主人向袋中倾入半袋清水，终于又能呼吸了的那一刻起，陷入另一段未卜的命运。

孙女把金鱼带回奶奶家，一开始有两条，后来只剩一条了。奶奶说一定会照顾好这一条。

金鱼从小至大，转眼已是三年。

奶奶家还有很多孙女小时候的玩意儿，稍微长大了一点儿了，去杭州也带不了它们，便被奶奶收起来，尘封在衣柜里、床铺下、房间的飘窗边。

奶奶找到孙女以前珍爱的小熊手偶，看着它泄了气般的空身子，左思右想最后塞满棉花，一针、一针地缝成了饱满的娃娃。

4

第四秒时，奶奶向爷爷走去。

爷爷得了贲门癌。那以后他们常忙碌地奔波往来于医院与家中。爷爷为了陪伴奶奶选择做手术来延续自己的生命——背负着死亡的风险。奶奶用她的生命与心去陪伴爷爷，日月如一，终始如常。他们视彼此为珍宝，为彼此的勇气与力量。

那时候的金鱼就常常空守着偌大的家，转身间腹鳍扇动水波分合，如同祈祷。而后大约是它的祈祷成功了，爷爷的手术也成功了。当门吱呀作响，楼道中走进的两个风霜影子在圆形鱼缸里被无限拉长，透过空气和水波，金鱼像是能感受到他们的幸福。

那以后的金鱼每天都能看到奶奶定时定点地站在厨房里煲中药的背影。中药的苦香味透过厨房老旧的移动门，像是要一直钻到鱼缸里去。可是奶奶从来不皱一下眉，就像勇士面对火药气息那样无惧。

奶奶还会拿着放大镜对着料理机的说明书做流食：爷爷的食道动了手术，只能吃流食。奶奶将买回的蔬果换着花样，通过料理机打碎成汁，有时也将各种不同颜色的豆类打成原汁豆浆，给爷爷补充营养。那份说明书看多少遍都像刚拿到手，按键的颜色总也分不清。她恨不得自己多生出一只手来，因为一只手拿说明书，一只手拿放大镜，她就已经没法儿操作了。

5

第五秒时，奶奶经过了鱼缸。

准确地说，应该是奶奶的身影终于走近了金鱼。它迫切地望着这个身影，即使被圆形玻璃缸无限拉长，它也能认出来。奶奶年逾古稀却并未老去，她的背直直挺着，她的脚步轻健有力，头上生了华发，更戴上了一顶小假发，她从不相信岁月。

老人的时光，总是在有些无所事事的闲暇中流逝，即便落日的分秒都弥足珍贵。爷爷病了以后常要睡眠来保养身体，奶奶便一人坐在干干净净的八仙桌边上打纸牌。她叫作"拉关"的游戏，其实与电脑系统的小游戏"纸牌接龙"是一个玩法。奶奶是在很多年前工作的闲暇跟同事们学会的。

她把两副纸牌都摊在桌上，一言不发。偌大的八仙桌还是爷爷奶奶结婚时的唯一纪念，大理石面已经被磨得油光锃亮。

屋子里很安静，正赶上爷爷休息的时间，奶奶知道他睡眠浅，于是整座屋子里只有牌落在桌面和秒针走动的声音。她翻过一张张的牌，将它们连贯成故事。金鱼也很安静，安静地看着奶奶"拉关"的背影。好像是在把各种各样的奶奶的背影连贯在一起，以认识一个完整的奶奶。

这种牌局有的有解，有的无解；有解的也分了难易。奶奶已经玩了很多年的"拉关"，也已经掌握了很多有解牌局的解法。她总是喜欢用"一局牌是否能解出"来预卜某个未来。

爷爷患病以后，她几乎所有的问题就都变成了"他的病会不会好"。

若是解开了，自然是好的；若是没解开，就再来一局——无论结果如何，只要未来未至，女将军一样的奶奶就不会放弃。

奶奶家窗边青弋江正是即将汇入长江之处，江上有四季常驻的渔船，奶奶坐在落地窗边的八仙桌前拉着关，能听见渔船的轰鸣隔着窗户传来，显得遥远。江上夕阳发着呆，缓慢地折射到奶奶的落地窗上，映亮了不开灯的奶奶家，一直映到鱼缸上，金鱼发着光的鳞片上。

夕阳收了，奶奶便收了纸牌，又去厨房忙碌晚餐。

6

第六秒时，直线向奶奶游去。

尽管自身的压力感受器提示着那里不再是水域，它也会一往直前。头撞在玻璃缸上发出闷响，被拉宽的长长的影子顿了顿，它知道那是奶奶在看着它笑。它看着奶奶的笑颜，跟着笑起来，感受到水平面轻轻颤动了一下。

奶奶每天都会给金鱼喂食，早晚各一顿，从来不多不少。金鱼总是吃到正好饱了为止，总是万分的惬意。奶奶的手向鱼食罐子里抓上两三粒撒花般向鱼缸里撒去，金鱼就张开嘴把黑棕色的鱼食吸进了肚子，微仰身看着奶奶的动作，像是看见传说里的天女。

后来鱼缸边飘散的不再只是中药的苦涩，而多了一缕香。粉色的花骨朵芬芳馥郁，温柔而不明显的气息氤氲在整个陈旧的屋中，亮粉色的花瓣渐渐伸展，甚至开始随风有了一点点的飘摇。

阳台上的长寿花开了。

7

第七秒时，久久凝视她背影。

金鱼久久凝视着奶奶的背影。奶奶端着一碗精心熬的粥：爷爷在一步步地恢复。曾经奶奶如此照料着金鱼，让它的生命受到了珍视；而今奶奶如此照料着爷爷，爷爷定然也会得到眷顾。奶奶就是这样，她的背影里是无限爱意。

一位将要归家时的勇士，看着被自己守护完好的家人，满眼无边的爱意。

爷爷抬起头，看电视时微皱的眉头舒展开，双手捧过奶奶端来的粥，指尖与奶奶的有一瞬间触碰，流露出的是黄白老旧的坚硬老茧下的柔情。拿起勺子时顿了顿，身子向沙发边上挪了挪。

奶奶笑笑，弯着腰慢慢在爷爷身侧落座。厨房里的抽油烟机渐渐不再响动，煮粥的砂锅余温渐散，被遗留在砂锅里的一粒粥米沿着白稠的壁一点点滑下去，滑下去。

它用七秒钟去记住那个背影，然后在辗转的异乡与圆形鱼缸所致的变形画面中扑棱地转身，鱼尾摇动带走了清澈水中的一抹鲜活。

金鱼的记忆不止七秒。奶奶的背影，它会永生铭记。

尾 声

金鱼的视角以外，世界还在运转着。

长寿花开了，转眼春天却又要过去。

外孙拖着行李箱，把背包的肩带向肩膀上拉了拉，垂头在玄关里爷爷奶奶的注视下换好鞋，笑着示意自己要离开了，挥挥手，迈步出门。

外孙此行是来探望故乡。行程到了尾声，他却还没有找到故乡。

身后的门"咔嚓"响即落锁，他再转头时也只能看到那扇门与门上脱落了一半的对联，以及坏掉的猫眼。

他去了母亲的墓地，去了爷爷奶奶的家里，去了曾经生长过的土地。不同于从前的是，抵达这些地方时的措辞，全都变成了"去"。

外孙行李箱的万向轮在白瓷砖地上滚动，三两步到达电梯口屈指以关节按下电梯的按钮，银灰色镶嵌光圈的按钮向里陷了几分，又恢复原状。

没有反应。

又按了一次。这次的力度稍大些，停顿片刻才抬指，指关节甚至有些微痛。红色光圈的按钮灯终于亮起来，漏风的电梯发出声响，表示楼层的数字闪灭又亮起，开始了运行。

外孙等待着。他回首就能看到爷爷奶奶家的房门。那里是长寿花和金鱼的福地。

可是他的母亲在这里长眠，故乡是他不愿想起却又百般挂念的过往。

在某个平常的夜晚，妈妈为幼小的他洗完澡哄着他睡着，自己再去洗澡时却忘记了开窗通风。热水器里泄漏的煤气开始侵占这间浴室，在热气萦绕的暖灯下，睡梦中的外孙忽然间变成了独自一人。

爸爸为生计在外地工作，外孙住进了奶奶家。奶奶那青弋江畔的房屋，见证了外孙的成长，又抚养着孙女长大。始终立在江畔，观日夜春夏潮汐起伏，观商货的船只往来停歇，孕育着经久的温暖。

电梯的门延迟地打开，里面的灯罩碎裂，一只白灯泡裸露在钢筋间，接触不良地扑闪着。行李箱和外孙的脚踏进去，电梯便不堪重负地摇晃几下。三面墙上都贴着残缺的广告，还有手写的电话号码条。

电梯门合上了。

下一次走进这个电梯的时候，大概就是下一个清明，长寿花开放的寒春。

外孙想着，或许他的故乡一直都在，在他的背影里长存。

可是，人是看不到自己的背影的。

他与他的故乡背靠着背相依，故乡仍是他忙碌于生活的间隙晃神时全部的挂念。不同的是，他再也看不到他的故乡。

故乡给他留下一个背影，从他的记忆里一点一点退去，就像电梯递减的数字，与眷恋的楼层温柔地渐行渐远。

电梯漏风的声音戛然而止，电梯的左右两扇铁门相依停顿，良久才不舍地分开，把正对面透明玻璃门外的阳光带给他。他的手卷曲拉住行李箱的拉杆，离开了电梯间。

电梯门在身后迫不及待地关上，两扇铁门合并到一起喜悦地轻吟。外孙腾出一只手拉开了单元的玻璃门，抬脚步入阳光里。他的嘴角有一抹浅笑，在光晕与春风里被拂得三分失真，垂眸时好像还能听到江水拍岸，商船低鸣。

有一瞬间他看向阳光，微仰着身子和背影里的故乡相依，眸中有同金鱼的光。

嘿，我回来看过你了。

荒漠诗城

　　西行青海，伴随着日落的延迟，我们看漫长的夕阳，感到时间也变得辽阔。这几天以来，连绵在旷野里的美景千变万化，我们的旅程却也无意中成为一种重复。

　　为图安全与省事，我们的前半段旅途跟随旅行团进行。我们在一片一片的绿洲间穿梭，早晨周游景点，下午乘大巴车穿越大漠，夜幕降临时在路途的小城落脚。我们关掉平日的闹钟，几乎遗忘了过去那些普通的日子，好像都是天生的旅人，带着某种纯粹游历的使命向前，不见止境。翡翠湖、茶卡盐湖……伴随导游站立在晃动大巴中手持车载话筒发出的预言，我们不断路过一个个早有预料的景点，跟随五湖四海汇聚的人群涌动，在浩瀚苍空下交替着感到寒冷与炽热、空阔与拥挤。导游通常会限定时间，我们就在固定的范围内，乘坐景区观光车来去于一弯弯鲜艳的湖水之间，又同时赶回大巴车上。景区内的风光如同笼中野兽，圈划严密，一眼有际；但它与生俱来的野性仍在发光，极富魅力的光影熠熠。我感到这里有游动的精神，犹如强光从云层背面穿透，普照在干燥的大地上。

虽说路途景点大多以湖为中心，我却总觉得这里的山比水好看。它们沉默地耸立，在云间焕发触不可及的色泽……但是山只能远观，水只能近观，于是我们总是在水的这一边，看山则陌生如客套，端起相机远眺拍摄，就此淡淡地抹过去，只留一抹辽远的色泽在记忆中化作一道凛冽却无形的寒风。

走过茶卡盐湖那天，同行的旅客纷纷购入了鲜艳的红披巾，出景点后这些拍照道具便转职成为空调被毯。我们在大巴车上呼呼大睡，昏沉地跟着车厢颤动微晃头颅，一直到晚上八点钟抵达，天色依然大亮。导游拿起话筒，重新开始活跃气氛。大家苏醒如春生的花朵，我便望向窗外，一座小城从茫茫戈壁间攸然浮现。我一抬头，看到了四个字的宣传大海报贴在一栋大楼外墙：诗歌之城。

这里是德令哈。一个本该平平无奇的沙洲小镇，在无边戈壁间，依仗巴音河而生。它的命运被一个诗人所改变。在一个无心的夜晚，海子写道：今夜我在德令哈。于是淳古的小城焕发热情，在不接尘俗的远处，有了"海子诗歌陈列馆"，有了"海子饭馆""海子主题酒店"……巨大的路牌骄傲地展示着方向，指引我们迈开漫游的脚步。

跟随旅行团到达酒店后，已经是晚上九点钟，天色开始初沉。清亮的阳光慢慢暗淡，灯光却铺陈地亮起。我们出于对这"诗歌之城"的好奇，没有选择立刻休息，为次日行程养精蓄锐，而是重新出发，踏出狭小的酒店大堂，在尚有光辉的天幕下被街头的招牌灯光映花脸庞。无须费心寻找，我们出酒店便再次看到了"海子诗歌陈列馆"的指示牌，那无时不在昂头发亮的小城之光。

在一个并不太显眼的草坪后，竹林掩映，摇曳中露出现代风的建筑骨架，与古色古香的牌匾楼檐叠在一起，那便是我们的目的地。人们认真地布置宛如迷宫的展馆，设计出一件件写满诗歌的文创品，将一位过客的生平细细道来。展厅中央玻璃围栏间大片的金属制波纹起伏，被两侧柔和的灯光映得黄蓝两分，如沙漠又似海涛，波浪间躺着微皱的诗篇，犹如一件旷古的文物遗留，是圈沙为地，留下了一只海子的脚印。

馆区出口临着巴音河，堤坝上也设有小小橱窗，展示着当地诗人的作品与生平，照应诗城的主题。一张张带笑的脸，在最后的阳光中生辉，他们亦有独特的笔锋，在荒漠里空荡荡的河畔绽放。眼前，巴音河缓缓流淌，远处，矮楼层叠遮不住的辽阔中，隐约可见祁连山轮廓浩荡，慢慢淡于夜幕。有些清澈的梦想，掷地有声，在这茫茫大漠中生根，在泥土里埋藏诗的芳香。

那之后，天色便彻底暗了下来。因为听说酒店只有冷水，不堪高反的我们又临时决定在回酒店前找一家理发店洗个头。依仗着地图搜索，我们在临近关门的时间点抵达了小小的街头理发店。门口招牌熄着灯，店里只剩下一个年轻人在忙活，刚从一个客人头上挪开电吹风，便迎过来相问。我们只做了最简单的洗吹组合，并没抱有什么期待，但当水流顺着他的指尖没入发根，我们却开始惊讶于这名理发小哥，用他无言的温热的双掌展现着一种悠然

121

的淳厚。由洗至吹，他始终完成得一丝不苟，不急不缓地揉进每一寸泡沫，最后吹出个焕然如新的发型，才操纵着电脑收了款送别我们。

虽然我们的下一站就是回到酒店准备睡觉，一夜翻来覆去后发型当然不保，但在这短暂的片刻，吹着德令哈的夜风，被唤醒的发丝轻飘飘地摇动，我们的心情都很愉快。空旷的马路那一侧，桥对岸，还能依稀听见巴音河美食街上传来锣鼓喧天的热闹声音，看到霓彩的灯光四起。在寂夜沙风里，再没有什么能阻挡在这世界荒僻一隅发生的小小狂欢。

我们便赶早启程去翡翠湖，并从那里开始离开了旅行团，迎接一位提前联络的包车司机——季师傅。我们和旅行团热闹地告别时，他就已经站在他的车边等待了。这是一个身材矮小的中年男人，脸上有腼腆而憨直的笑容。他向我们打了招呼，就没再说什么，默默地帮着将行李安放进后备厢，便钻回了驾驶室。

很快，我们也跟着钻进小小的越野车里。凉爽的温度与干净的气息昭示着良好的开端，一切都与大巴车有所不同。于是在旅程的后半段，我们仿佛获得一个新的开始。

车辆快要行驶出城镇时，季师傅打开车载音响，放起了柔和的歌曲。90 年代的经典老歌频出，悠然散播进浩浩戈壁之中。旋律，伴随着城镇以外浩浩荡荡的群山，出现在公路的侧边。同样是在公路上，这里的风景与大巴上的却是截然不同。大巴的车窗虽然更大，但风景也显得很遥远，没有风，没有沙，我们唯独能高高在上地看见光影飞逝而过，终究昏昏欲睡。可是小车不同。

风与歌在不存在般的车窗内外穿梭交流，两侧车流呼啸而过时带来震颤；而我们仰头望到的白云，更像即将降落的雪堆，我们被辽阔而亲近的自然包裹在内。

只是，这种愉快的安宁并没有持续太久。即将抵达前方的高速检查站时，我们突然发现一件事：身份证在上午因为统一购买景区门票，交给了导游，此刻还在跟着大巴车行进。由于与旅行团的线路构成了反方向，此时我们恐怕正在背道而驰。

车内顿时一片慌乱。我们开始忙着试图联系导游，从聊天记录里匆匆忙忙地翻出联系方式，又一次次败给戈壁中渺茫的信号，改发消息，再盯着灰色圆圈打转干着急。那时我尚未注意到，通过聆听我们对话弄清了事情经过的季师傅也没有闲着，而是凭借对路途的熟悉，找到最近的掉头口完成了路线的变化，向来时的路重新驶去。

随后，我们终于和导游结束了漫长而艰难的沟通。他们会将身份证放在沿途的一个加油站，交由一名工作人员保管，等待我们拿取。需要跟司机交涉路线时，我们才开始留神季师傅的态度。跑重复的行程，无疑也是在延迟他的下班时间，我们对此都有所歉意。然而季师傅成了我们中最淡定的人，依旧把车开得很稳，笑着反过来安慰我们，说不用着急。

我们就这样朝方才说定的加油站去。其实这是个有些风险的举措，加油站的工作人员，我们并不认识。这是一个委托给陌生人来完成的使命。但当我们抵达目的地，一切却显得顺利异常。稍经询问，一个手拿透明密封袋的男子就出现在我们面前。他推了推眼镜，十分严谨地询问了我们的姓名，才放心地将袋子交给我们，而后忽然笑了，挥着手祝福道，一路顺风。

就这样在戈壁中逗留了两百公里路，我们才终于回到起点。可是没有谁感到郁闷，因为在辽阔的大地上有一群不慌不忙的人，以他们的友善安抚了我们这些失措的旅者。

这才算是上路。

路途中我们几次休息，也开始与季师傅聊闲天。他的歌单一曲没有重复，就这么往下放着气氛相似的经典。日暮渐沉时，我们正在当金山脉间穿梭。从此向前，即将由戈壁变为茫茫的大漠。进入山群时我忽然意识到，季师傅就是这种有机会与山相处的人。他和他的车，用表皮的沟壑与尘土告诉着我们这一点。譬如方才，他带我们穿过高速路破口的围栏驶向戈壁旷野的小路，在颠簸中，在杂草丛生中驶出他心底记住的轨迹。尽管他的表情依旧腼腆而平静，穿越荒野的热情还是洋溢在了空气中，感染着我们每个人。又如现在，我们在山顶泊车下来看夕阳，打开车门却猝不及防地撞进严密的寒风。我几乎站不稳身形，裹紧了冲锋衣缩着脖子抬头看，清澈的天空不见晕染，但有一轮夕阳平静地下沉。我们是这样注视着夕阳，而季师傅好似在与夕阳对视。我从夕阳望向他时，也不由得出了神，他像触手可及的夕阳，很普通地站在那里，但有与日暮一样的平静。

上山时还能看见的羊群，在下坡时杳无踪迹。我们开始进入荒漠，由42公里漫长的下坡路蜿蜒着下沉。夕阳也在我们的意料之外又存在了很久才消失。一片欢声中，我们抵达了敦煌。这也是一座极富特征的小城，城市中心的圆环广场上矗立着洁白的反弹琵琶像，在月光夜色间愈显柔美，那么静地俯瞰着车流，音符从她飘动的裙衫间倾泻。

接下来几天，我们都落脚在敦煌，由季师傅带领着奔波于这附近的景点。他是个本分的司机，安静地接载我们往来，自己的行踪则格外神秘。我们从来不知道他在哪里吃饭，又在哪里住宿，只是永远准时地抵达。

偶尔，当我们聊得火热，他也会耐不住地聊起一些自己感兴趣的事情。当我们分享着用自媒体软件发布的旅行攻略，开玩笑地倡议他也开通一个直播账号来分享荒漠行车的日常，他没有像我们意料中的那样笑一笑然后沉默，而是来兴致地询问起来。他说他真的有过这样的打算，可是实在是搞不懂，没办法操作。我一直以为能在车载音响流利地下载如此诸多歌曲的他应当不会太陌生于电子设备，故而惊讶地问起，这才得知那些歌是他儿子帮他下载的。伴随他在荒漠间驰骋的旋律，原来不是时代情怀，而是私密的亲情。他还满怀神秘地向我们展示了一块他从沙地里捡拾的黑色石头，看起来像普通围棋的棋子。他专门翻出几条存在手机里的鉴物视频，还取出一条磁铁，认真地跟我们演示起来。虽然我没能听清，但可以肯定，他是在证明那块石头是绝对的珍稀品种。这又何尝不是一种乐趣呢？

下一站，我们就准备乘飞机前往西安了。在敦煌的最后一夜，就是我们与季师傅相处的最后一夜。这天早上我们去景区的路途中，父亲提出了邀请，请季师傅晚上和我们一起吃顿饭，小酌几杯。季师傅虽然不好意思，但在几次推脱后答应了。结果正午，我们从景区出来时，他又很纠结而认真地说，张老师啊，还是算了吧！我就不去了。我们又是一番劝说，他才含糊地答应。下午再跑了一个景点，遇上他时他又一次认认真真地拒绝了。他说张老师啊，我就是个开车的，还吃你们饭，太不好意思了。还是算了吧！……循环往复，终于还是跟着我们一起去了饭馆。

陪季师傅停好车后，我们在附近的饭馆饱餐了一顿，最后一次吃遍了这里的特色美食。在饭馆的暖灯下，父亲和季师傅小酌起来。酒过三巡，季师傅脸上已经出现红晕，显然作为司机并不总是喝酒。而令我们意外的是，酒精还成为打开他话匣子的钥匙。微醺之后，他开始缓缓地回忆起往事来。

季师傅其实原来姓冀，是河北人，他们村里的人基本都姓冀。他已经有了三个孩子，也曾有过历险的青年时代。他开过一座灯芯绒的纺织厂，结果遭遇了一场大火，生活全化作灰烬。那之后，他因为家里的关系改开了一座加油站，却只能得到地方单位部门永远的赊账欠款、永远的承诺，最终陷入了债务纠纷。这两段遭遇让他失去了留在故乡的勇气，于是前往遥遥西北投奔了在青海开奶牛场的表哥，再之后便是现在的他，已经在格尔木开了十年车。他以敦实的双肩承担着最艰涩的苦难，什么荒僻的艰苦的出车任务都愿意接，去过罗布泊，跑过可可西里，会为省下八十元的收费站付款自辟荒郊。在这双平静的眼深处，并没有什么深远的眺望。他活在烟火人间，只是想多挣点钱，想早日摆脱失信人的身份，要光明正大地坐火车、乘飞机，要回到故乡。他说到这里，垂下头沉默了一下，好像又重新变得腼腆。然后抬起那双细而皱的眼，露出一个笑容，一如初见。他说，你们要坐飞机去了吧，玩得开心啊。

次日仍然是他送我们去机场的。我们很愉快地告别了，挥着手目送他和他的越野车在送客的车流中远去。当我们开始遗忘，在浩浩云海间沉睡又苏醒，落入另一片土地时，父亲却在第一时间接到了一个电话。

季师傅打来了一个电话。他似乎有点不知道说什么，但是憨厚地笑了笑。他大概查询了我们的航班。他说，张老师，你们平安落地了吧？玩得开心啊。到这里，在最后的忙音中，我们才终于告别。

触目所及，我们已不在荒漠。其实似乎也从未去往真正的荒漠。我们落足的西北，总有人烟稀落，织成一个又一个带温度的栖息地，温暖着寂寞的沙丘。我想起海子，在遥远的荒漠中捡拾石头的海子，抬起头想念友人的海子。在沙洲的夜晚，他不曾看见热闹的情怀，而如今这里已是诗歌之都，在荒漠间有浩瀚的星河，为朴素的梦想流动着。

不仅如此，追赶着前人的脚步，或许我也在不知不觉中踏上谢灵运所开辟的那条道路了吧？沿着这条历史之路向前的我，眼望触手可及的那群白鹿，正是怀抱着一捧文学的梦想，一颗虔净的景仰之心，行走于大好的风光之间，愿做一次圆梦的追溯啊。

卷三

人神

我

　　说来是我初次参加散文的现场写作赛事，心中不免觉得新鲜。作文或小说，比赛总是层出不穷，专为散文开设的青少年赛却好像并不多见。此前写散文总是出于感慨或顿悟，并不曾在既定的某段时间目标明确地提笔，因此赛前一直忐忑不已，茫然一片。待到真正身临其境，双手攥起纸笔的这一刻，先前的疑惑居然尽皆消除了。这赛场，这一路觅过的桐庐风光，原来正是一眼宝贵的灵感源呢！

　　因为心潮澎湃，只好谢绝了范公的诗景之邀，其实自己却亦有一段与富春江的感情要道来。而以"我"为题，是愿用我的视角呈现出一幅能与范公诗间的富春江春光相呼应的今日之秋色。虽然富春江于我并没有多熟悉，但可喜这源源的江水向来神秘绵延，曾经贯连起唐朝的浙诗路，又不断吸引来诸如范公的文人墨客，至今默默流淌过我的家门前。那里它化名钱塘，却用涌动的雄伟大潮展现着另一番风采。我自幼沿此江漫步徐行，或许心中便也无形地受了熏陶，从而恋上这携一丝古韵的浩瀚钱潮来。高中以后，家校恰好分处江的两畔，平日里从宿舍阳台远眺墨般沉沉的江水，远眺连接两畔的高架桥，青涩稚拙的一颗心里恍惚竟也生出几分淡淡的咸涩的乡愁，只是相较落寞更多出了几丝滑稽。有次周末归家，路上偶遇了一道久违的潮水，却是受了真挚的震撼，雪白的浪扑覆过浊浊江水，亦重击在我心头，许久后回神也只能无奈地笑，数不清是这江水多少次带给我的震颤。

　　这大潮过渡于新安江，又化为另一种风景。江上的浓雾，这是建德的朋友屡次向我提起的。盛情难却，我也应邀去了建德愿一睹其美，景色诚然是秀丽美极，只是白雾一景总没能撞见，三番两次终是抱憾离去。朋友知道了也是讪讪地笑，言这雾并没有什么规律可循，不似大潮可定点蹲守，常是平常时分推门走出，便突兀地撞见成片的稠白。

　　本来遗憾还总埋在心底，不料却意外地被富春江慷慨地弥补了。得空前来桐庐，仿着郁达夫先生的足迹租了游船轻驱于富春山脚，心中还为不能体会乡间夜渡的那番宁静而微憾，眼前不知何时却成了一大片浓郁的洁白。我惊起四顾，正如行船于云间仙山；时而凝望缭绕山尖的云雾，时而连山的轮廓也难以描摹，那雾虽是缥缈的，却俨然成了主角，轻俏而从容地捻着无边无际的裙摆，踮着巧足踏过漾着轻波的江面，偶尔微微侧头静伫，是待将江水的密语带入山间。也由于这蒙蒙的雾，此刻虽是白昼，我也只能望到船夫小辐晃动着的背影，与若隐若现的桨尾，犹如独身在江水中间，而切肤体会到夜露似的静谧，几乎要抬头去柔和的天光中寻找丢失的明月了。

　　这雾是很匆匆的，如一捧清脆的美梦，正如来时的无知无觉，很快便又伶伶俐俐地去了。我一直如此呆坐至船靠了岸，回过神时已经彻底寻不见那雾的踪迹了。我犹自欢欣于这场巧遇，也不免遐想，严子陵曾经是否也在这幻梦般的山间，赏过这样的一番奇景呢？

　　钓台脚下已是成熟的景点模样，齐整的石阶将游览路径划为条框，我亦只能顺其攀登，然登到半山，终因身体不适无法再上，便坐在山腰的碑林间出神，而只能以想象去填补山峰的空缺。到此时坐在赛场厅中挥着笔墨慨叹连连，却又弥补了不能如郁达夫在钓台白墙上挥笔的遗憾。所谓潇洒桐庐，其景其情之养人，范仲淹也早已用不尽的佳作来证实。而今日的我，之所以有失敬心地弃用范公之诗景而改以自我之娓娓，亦是因这不逊于春光的富春山秋色的慷慨灌溉，以其丰腴了的茂林，幻舞着的江雾，与无数文人心向往之的颂歌，滋养出一株秋末方才破土了的新芽，在用一笔稚拙的文学之心，嘶叫着构出名之为"我"的新春，牵动幼时便埋藏下的，从钱塘江以柔软的水系起的红线，在祈盼桐庐一端的回音呢。

遇见古城

台州与我的缘分始于一块水晶璧，那是四年前，我初次在浙江省博物馆作为讲解志愿者走近文物，遇到了特展"越地宝藏——100件文物讲述浙江故事"。展览中有一个单元专用于描绘精致江南的武林旧事，王中央的展柜里垂挂的是一块水晶璧。我对此好奇不已：是怎样的故事支撑着这块来源于南宋的水晶璧，至今闪烁着透彻而神秘的光辉？经过查阅资料，我得知这块水晶璧的主人是赵匡胤七世孙赵伯澐，这块珍贵的水晶璧来自台州。

台州，就这样以古老而神秘的形象，在年幼的我心中留下烙印。

四年后的今日，缘于一场文学采风活动，终于有幸来到台州临海，切身与这座城交流。唐宋时期的台州府城，以及享有"江南长城"之美誉的台州府城墙，拥有一段引人入胜的传说故事：唐朝初年，人们在修筑城墙的过程中，因地形险峻，总是遭遇各种困难而以失败告终，直到一天，一群白鹿游历经过，沿着雪地留下了串串脚印。人们追随白鹿走过的路，顺利地修建起了城墙，刚好环绕古城一周。更有古说，很久之前就有一群鹿生活在这里，它们吃巾山的草，喝灵江的水。鹿城，这个充满灵性的名字，让我的好奇心更甚了。

临海是浙东诗路上一颗璀璨的明珠，无数文人墨客曾在此留下传世诗篇。从括苍山麓到东海之滨，从灵江两岸到杜桃平原，一路风光一路诗。我坐高铁来到这里，座位恰好错过窗户，无法欣赏沿途风光，却由身下的颠簸切实感受到一种前行的力量。

这里曾是山水诗派鼻祖、东晋诗人谢灵运走过的路。公元 423 年，谢灵运游经此处时，甚至寻不到一方入口，便大张旗鼓，命童仆开出一条道来，深夜火把丛动，还惊动了驻守的士兵，吓得地方官员以为山贼来攻城。他在此地留下了著名的赠诗："邦君难地险，旅客易山行。"

在谢灵运游临海的两百多年后，骆宾王被贬为临海丞，他沿着谢灵运开辟的道路进了城。虽然报国无门心中凄苦，这里的景色也带给了他同样震颤心灵的慰藉。这里还曾是白居易的老师顾况走过的路。顾况曾在临海巾山居住，留下过耐人寻味的《临海所居三首》。时间再向后推移，郑虔也来到过此地。仍是顺着那条道吗？我不得而知。他带给了这座城更可贵的东西。几年之间，市民儿童便开始知晓礼道，待到他得以右迁，书香气已浸润了这座在骨中有刚武之气的城市。

朱自清也曾在此度过一段艰难的日子。1922 年，他从杭高前身省立一师至临海的省立六师执教。沿着河湖，他乘船而来，在贫苦的时光中，写下了名篇《匆匆》和抒情长诗《毁灭》。十年后，忆起那段过往，他又写下散文《冬天》来怀念在临海的生活，清苦却温暖。

前人游览浙东有条相对固定的线路，这条路以水路为主，过隋唐大运河，在钱塘江畔的西兴渡口登船，经绍兴上虞南入曹娥江、剡溪，终至临海，是为"浙东唐诗之路"。我今日的一行，虽不走水路，却也是由钱塘江畔往临海，沾上几分相同的意趣来。高铁上空调的温度打得很低，清晨五六点钟我尚昏昏欲睡，后座的孩子则一路兴奋地踢着我的椅背，面对车窗外未知的风景，我也算是体验了一把前人的辗转路。

但是一下高铁，站在宽阔的站台上，暖融融的阳光便倾泻下来包围了我，连绵沉稳的群山近在眼前。前人仆仆风尘也要前来一游的原因当即了然于胸，我的困顿也被一洗而空：啊，那枚水晶璧投射出的神秘光泽，原来正是这样漂亮的群山！

从兴善门登上台州府城墙，迎面吹来一阵清爽的风，鼓动着旗帜，也鼓动我的心灵。在心中，在风里，我似乎听见了一阵呦呦的鹿鸣。找到了，我所追溯着的白鹿，正幻发着灵动的光泽，轻盈地奔踏在山间。我不禁开口询问：

白鹿啊，这里曾经只是贫瘠的丘陵，寸草不生，荒无人烟，甚至无法修建起城墙，而你，又为何现身，指引着越人在此处构建起家园？这里曾经洪水泛滥，因为河网交错，又濒临海域，也有台风肆虐，你为何却愿意从古到今，静静守护着代代越人？

那风轻柔地吹拂过我耳畔，也似声声轻灵的鹿鸣声回应着我。

越人是特别的。他们精勤耕战，从不畏惧困苦挑战。面对再荒芜的土地，他们也能将之开垦，遭遇再空前的灾难，他们也会重整旗鼓，再建起家园。如今府城内外的祥和景象就是最好的证明。古老的越人歌我最是喜欢，不仅从前，今后我也将守护着这座特别的城市。

到这里，我终于算是遇见了这座古城。说不尽的历史铺展在身后，鲜活的当下也游动在眼前。这里的历史并非纯粹的过往，聪明的越人将历史融入了当下，使得眼前流淌的时间中，分分秒秒都充满着古今通融的自然之息。

灵鹿引路，而后先人们筚路蓝缕，才有了今日的我一路遐想，欢欣地前行。饭馆的收银甚至有使用算盘，陈旧的理发店换了新椅，红绿的旧物仍布满墙壁。更可贵的是，光彩斑斓的街道背后，随处可见原住居民的身影，传统的生活在这里得以自然地延续。集中的晾衣区挂着新被，老小一路跑向巷尾，欢笑那么自然，壮年的男人们坐在两侧路沿，用方言大声交谈着什么。古城却不寂冷，一切都未成为过往，而是由水波载着，向前奔涌。

更令我惊讶的是，年轻的活力丝毫不少见。穿过演绎着戚家军阵法的戏台，在城门脚下坐着欢歌的少年，吉他和音响装点着小小的舞台，让人得以窥探梦想与年轻的模样；招牌小食蛋清羊尾被青年研制成了全新的咖啡口味；手写的招牌垂挂小店门口，一家充满年轻气息的店中架着满墙的吉他与尤克里里，还有零散的手作鼓、挂饰、痛仰乐队的签名挂布。正中间的小黑板明晃晃写着"看见的都卖"，张扬年轻肆意的气息。

　　寻访途中，在紫阳古街的小吃店偶然抬头，便见墙上绘写着顾况的佳句："山连枢浦鸟飞尽，月上青林人未眠"；前往郑虔的学堂时，空空的院中还仿佛满是执经诵读的学子，悠悠的书声从未散去，同样抚慰了我的心灵；省立六师的原址中，志山楼的白墙上赫然写着那句"聪明的，你告诉我，我们的日子为什么一去不复返呢"？朱自清表达了对时光流逝的惋惜，告诫少年们要岁不我与，爱日惜力。虽有些遗憾未能见到当年让先生流连的紫藤花，但紫阳街边遍布的三角梅与凌霄花还是让我得以共情。是山水的滋润，抑或人文的关怀，竟能让花朵绽放得如此鲜艳？

　　灵鹿也以新的模样出现在城中了。追梦鹿作为城市的象征，继续守护着满载梦想的城市。诗经曰：呦呦鹿鸣，食野之苹。我正期冀这座城市如其所言，永葆这安乐祥和的盛世景象。

　　不仅如此，追赶着前人的脚步，或许我也在不知不觉中踏上谢灵运所开辟的那条道路了吧？沿着这条诗路向前的我，眼望触手可及的那群白鹿，正是怀抱着一捧文学的梦想，一颗虔净的景仰之心，行走于大好的风光之间，愿做一次圆梦的追溯啊。

我在孤山岛上等你

一

走 15 分钟去地铁站。

挤 1 个小时地铁。

站 20 分钟公交车。

再沿着西湖步行 10 分钟。

这是每次去博物馆讲解的路。

在最后的一段步行里，沿北山街赏一片荷，至秋水山庄附近左转，便会遇见孤山。临近清晨的西湖边，带笑与湖面的鸳鸯打个招呼，不知不觉地成了一个习惯。

小学五年级时，第一次以讲解志愿者的身份出现在博物馆。

六个展厅，一百件器物，讲述浙江故事。

我从未如此细致地观察这些文物——可是当我站在讲解者的

位置，一切都显得不同。博物馆这样如深邃海洋般我从未想过去细研的地方，如今渐渐清晰。每当全国各地的游客来到展厅，尽情感受历史扑面而来的魅力，我也倾自己的力量，化作一股清风，小心地于文化间穿梭，掀起尘封的故事。一股风，乘起一缕熏香，带着往日漂泊而去。那沉眠于暗处的记忆，随风盘旋。南宋的衣袖轻轻飘扬，水晶璧微微发光。一切不会归于平静，因为它们不曾有一瞬的离开和停息。它们在海岸，随着哗啦的浪声轻轻诉说。那悄然奏响的旋律，是古而不朽的乐声，是战焰里纷飞的呐喊。一切的交融，成为迷离而清楚的讲述。讲述着，讲述着，古老越地那过往的记忆，碎片似的往昔，回溯，倒流，穿插，交错……

从上山文化的石磨盘到良渚文化的玉琮王，从妙趣横生的伎乐铜屋到熠熠生辉的越王宝剑，从精致江南的武林旧事到抒情写意的明清诗画，我一点点地学习积累，渐渐如数家珍。

二

现在的我，与以往确实不同了。我会回想起，初来乍到，看着炉火纯青的成人讲解员缓缓道来时心中的紧张与恐慌。

站在展厅中央，我仿佛看到一个身影，在馆中徘徊。她很认真地来回走动，口中念念有词的是没有人能听见的铭记。

我看到一个身影，在馆中犹犹豫豫。她站在一个仿佛需要讲解的家庭后面，欲言又止。为难的神色中，是不安。她终于走上前，完成了人生的第一次讲解。她很喜悦，可更多的是为自己的点点遗忘缺憾。她在一遍遍对自己说，再努力一点。

我看到一个身影，带领着 20 多人的游客团，在馆场入口下台阶的路上就开始娓娓道来。一件一件的文物，在眸中闪烁，漾开。

是的，这是在博物馆历时数月一路走来，昔日的我的身影。

她——过往的她无法想象，今天这个自信微笑的自己。一股感受不到的风拂过志愿者的面庞，直至内心。风徘徊而过，穿过每个人的心，留下一个烙印。而属于她的烙印，极其深刻。

三

志愿服务期间曾采访过一名讲解非常出色的志愿者。

她露出洁白的牙齿，轻轻笑了一下。

"微笑就好。"

那是志愿者独有的笑容，那是一种世上最耀眼的微笑。

我不知自己的微笑如何，而我看到志愿者们，他们的笑始终如此。

"越地宝藏"之后，又经过"法老的国度""越王时代""天下龙泉"，展品也由 100 件逐渐增至 180 件、320 件、513 件，涉及的内容越发广泛。如今读中学的我，已经参与了四次大型特展的志愿讲解，我不再那样怯场。

浙博志愿者的队伍不断扩大，有源源不断的热血流淌进这份事业。我们由爱心聚集在一起，组建成了一个志愿者的大家庭。

这个家庭里有 75 岁的李爷爷，他的志愿汇里累积的服务时间达 6000 多个小时，是名副其实的功勋志愿者。他能背下许许多多和西湖有关的诗，春天能讲桃，夏天能述荷，秋天能颂桂，冬天能咏梅。两位游客听说他会背诵明末张岱的名篇《湖心亭看雪》，半信半疑地对着手机较真，近两百字的文章一气呵成，一字不差。

还有 65 岁的於奶奶，每周扛着相机来到志愿者摄影组。在三层楼的展厅里，她每次上下楼都略有些吃力，需要侧过身子，扶着栏杆，先迈一只脚，再跟上一步，小心翼翼地抱着相机下台阶，一拍就是一整天，只为记录志愿者们讲解的身影。

台风天里，我们相互提醒，路上注意安全。一位在群里昵称为"老老兵"的奶奶，我甚至不知道她姓什么，在一次风雨天来博物馆服务的路上，摔伤了胳膊，大家都很担心。她在群里请假留言说：没事的，左手桡骨头骨折，打上石膏夹板固定，下周即可再来服务。

亦有一群和我一般大的孩子，也身着大大的红背心，为游客们神采奕奕地讲解。其中有个小朋友，是博物馆里保安阿姨的儿子，每逢寒暑假，几乎天天泡在博物馆里，跟着成人志愿者学习讲解，一有空就自己抱着厚厚的文物图录仔细研读。

四

我们有一间小小的休息室，被称为"志愿者之家"。

良渚申遗成功时，我们在这里欢欣鼓舞。

天气炎热的时候，一场两个多小时的讲解，讲完一场下来嗓子都是哑哑的，可一坐进志愿者休息室里，大家还是会交流讨论与讲解相关的点点滴滴。在电台当主持的金老师教大家如何用腹部发声保护嗓子；在中学教历史的黄老师讲述他赴广州南越王博物馆所见的羽人划舟提桶；在大学教英语的葛老师分享她整理的全英文讲解词；摄制组精心剪辑制作上传在 B 站的《我在浙博讲文物》花絮篇更是引得休息室里乐翻了天……这是个有爱、有心、有趣的大家庭。

这间小小的"志愿者之家"分享了很多人的喜讯。获得"雏鹰争章好少年"称号的陈同学，中考保送至杭二中的学霸叶同学，还有考上浙大考古系的陆同学，考上香港中文大学研究生的张同学，赴海外读博士的钟同学，等等，博物馆志愿者的经历让他们受益良多。

"志愿者之家"也见证了我的成长。穿上红马甲，戴上扩音器，和来自全国各地的参观者一起穿越历史长河——我实在庆幸，自己能有这样一次机会，走进越地宝藏的海洋，融化在那浅笑里。

我会努力带着这样耀眼的微笑，在更多志愿者的活动里不断前行。

我在孤山岛上的浙博等你。

到博物馆去

摄像头的灯光微微亮起，我的身后是千年回忆。每一瞬呼吸都因为麦克风的存在变得缓慢而重要，我穿着红马甲站在画面中央，开口即是笑颜。

"中国是瓷器的故乡，历经几千年长盛不衰，瓷器的种类也是不胜枚举……"

这是在"云上博物馆"的录制现场，我将准备了很久的讲稿面对镜头徐徐道来，紧张不言而喻。不过，毕竟我做志愿讲解已经两年多，瑟缩的胆怯已然逐渐被自信与从容替代。

2018年的春天，在经历了层层选拔与考核之后，我幸运地成为浙江省博物馆的一名讲解志愿者。从机缘巧合地相遇，直至如今的熟稔，是热情与付出并肩的力量让我前行。逐渐爱上这份"工作"，也爱上周末与假日的清晨到博物馆去的路上，在西湖边，带着笑与湖面的鸳鸯打个招呼，在绿荫树影里呼吸，向着柳枝被微风吹起的方向走。沿北山街赏一片荷，至秋水山庄附近左转，便会看见那坐落于孤山南麓西子湖畔的博物馆。

历史的古韵刻入心底。

在录制现场，并没有提词屏的辅助，因此视频呈现的便是讲解本真。从自己搜集资料到撰写讲稿，我一点点摸索着历史的原貌。

其实对我来说，比起录制视频，现场讲解才是最具挑战性的。只是将讲稿死记硬背根本行不通，在熟悉展品全部信息的同时，如果遇到了比你更懂文物的听众，他们往往会将你无法解答的问题一个个抛出。

而这恰好就是掌握新知识的最好时机。所以我在空余时间将这些问题一一解锁，直至对所有展品如数家珍。

记得最开始，我抱着青涩的好奇心报名成为一名志愿者，用四个小时去准备四分钟的试讲，如梦似幻地通过面试的同时恍惚地意识到，自己和历史终于近了一步。

这毕竟不是一份容易的差事：在偌大的展厅里徘徊，和陌生的展品面面相觑，跟着成人志愿者听他们讲解，捧着手机录下两小时的音频反复聆听，在一本本艰涩又厚重的历史文物书籍中翻查资料：罍（léi）、瓿（bù）、觥（gōng）、卣（yǒu）、鬲（lì）、甗（yǎn）、簋（guǐ）、簠（fǔ）……甚至有一些文物名字中的生僻字连输入法都显示不出来。突破首次讲解这道大门槛之前的时光对相当内敛的我而言尤为漫长，面对文物的低声练习一直持续到和馆中的保安大叔都熟识。

至今印象深刻的是第一次真正的讲解。我并不是速度最敏捷的赛跑者，因此在我之前已有不少成人志愿者讲过数回，我也听过了很多次。因为第一次试讲而不敢在讲解排班表上写下自己的名字，只是在博物馆入口处的走廊上徘徊，连博物馆定制的讲解员服装的衣角都被捏得褶皱不平。

我观察着很多游客来往的神色，尽可能分辨着哪些游客可以接受一次可能错漏百出的讲解服务。带着小孩的家庭通常是首选，小孩越多越好。他们通常并不会提出过于刁难的问题，而是重于倾听。

我就那样晃荡了很久，直到保安大叔都开始看不下去。他笑着给我使了个眼色，拍拍我的肩。

"今天要开始讲解啦？加油，别怕！"

我局促地点头，继续满走廊地张望着。一对父女出现在我面前，他们在一张展板前站了好一会儿也没有离开。

我一直静立在他们身后，徘徊半晌，总算说服自己这是个机会。

"……请问，你们需要讲解服务吗？"

我带着微笑（大概是带着的吧）上了前，然而大约是因为不善言辞或是根本找错了人，这一次的尝试并不成功。那位父亲转过来审视了我一番，眼神好像在看一个毛遂自荐的推销员。大约是因为博物馆的衣服还不够醒目，我被当成了个收费的私营导游。

这无疑又消磨了我的勇气。再次发着呆在走廊里徘徊，却遇见了我听过很多次讲解的另一位志愿者姐姐。她笑了笑，偏头看着我："终于要讲解啦？加油！"

我仍然只是点头，理了理腰上别着的小蜜蜂。

她帮我将被小蜜蜂弄乱的头发理整齐，最后又露出了一个灿烂的笑容："别害怕呀，微笑就好。"

微笑就好。这句话莫名带给我不小的勇气，我也跟着她笑了笑，点头点得更用力了。

我再次找寻着目标，锁定在了一位年轻的母亲和她的两个孩子身上。这一次我确切地感受到我带着那种灿烂无比的笑容，走上前：

"请问，你们需要讲解服务吗？我是浙江省博物馆的讲解志愿者。"

"好呀！辛苦你啦。"

那位母亲报以微笑，牵过两个孩子跟在了我身后。突如其来的胜利感占据心头，我喜悦得几乎忘词，直到看见再熟悉不过的展柜，才缓过神来。

"伎乐铜屋是我馆的十大镇馆之宝之一，来自春秋战国时期。这是目前考古出土的唯一一件先秦时期的建筑模型。从外观上来看，屋顶是四角攒尖顶，顶尖立着一根八角棱纹柱，柱子上有一只鸠鸟……"

不出所料的是这场讲解的序幕磕磕绊绊，但是在接下去一百件展品的过渡中，总归逐渐流畅了些。怀抱着对这一家人耐心听完我长约一个小时讲解的感恩，我终于道出结束语，鞠躬致谢。

"我的讲解到这里就结束啦，谢谢你们的聆听。"

那时除了这一家人还有两三游客聚集在我周围，我深鞠一躬，忽然听见节奏不一的掌声响起。多日努力所迸发的浪花在此刻汇为一场澎湃，激荡我的心潮。即便在这次时达半年的特展后，又经过了更多的大型特展，展品也由100件逐渐增加，涉及的器物品类与文博背景越发广泛，因为有了这场掌声，我不再胆怯或者畏惧。

如今那些历史都已深入心灵，再也不会忘却。所有过往都在这些文物上留下诗篇，而我因此成长，也懂得了自信与微笑。

"如果你也想触摸历史，感受从远古传来的悠长余音，那就来昆山片玉展厅参观中国古代陶瓷陈列展吧！"

在"云上博物馆"的录制最后，我再次露出笑容，记忆与那位志愿者姐姐过往的柔和唇角重合。如今我们由特展馆区迁至主馆，展品的数量更加数不胜数。虽然更加多元的器物和纷繁的历史背景让每一场讲解都更具难度，要花费更多的时间和精力去准备，但无论是志愿服务的热情力量，还是悠远历史的神秘气息，都足以支持着我继续走下去。

我们为什么一定要阅读童话？

写这篇文章之前，我就开始回忆我最喜欢的童话到底是哪一篇。思来想去，回忆起一个关于小狐狸卡卡的故事，当时它的名字叫作《妈妈，你在哪里》。

这个故事是我上幼儿园时读到的。短短的一小篇，收在一本玫红色的童话书里。大概的名字好像是智慧妈妈口袋爱心故事。那时候因为家附近没有书店，我每次逛超市都会在超市的童书专柜看上好一会儿。那里除了经典的书什么都有，没一本说得清作者的来历。这本玫红色的，看上去就很不正规的书，就是在那儿买的。

幼儿园大班时我参加过一个学校组织的讲故事比赛，就用这个故事以我毫无天赋的朗读能力感动了幼儿园园长、我的班主任以及在座的好几个评委。

它讲了一只小狐狸和它的妈妈的故事。非常简单：小狐狸饿了，它的妈妈就出去给它找吃的，经过了一片葡萄园。它知道这是别人家的葡萄，但是因为自己和孩子都实在是饿得受不了了，就只好一边内疚一边摘下了一串葡萄。但此时一只猎狗和它的主人已经赶了过来，狐狸妈妈只来得及大声喊了一句"宝贝快跑"！就和猎人一同向家的反方向拼命跑去。

那以后有一天，小狐狸卡卡在家门口看到了一棵葡萄藤。它感到很奇怪。它想了半天，终于明白，这株葡萄藤一定是它妈妈变的。它摘下一颗尝了尝，很甜很甜。

我记得故事的结尾是：从那天起，卡卡学会了独立处理很多事情。

我想起这个故事以后，就试着翻出那本书，可惜良久无果。接着我又到网上凭记忆搜那书的名字，却大概早已绝版了，也没有找到。最后，我在浏览器以各种奇崛的关键词试图找到这个故事，找到了一些断断续续的结果：版本不一，且没有一个是完整的。

这像极了我们对童年的某段回忆，模糊、不清晰，却始终蜷缩在角落，美好依旧。

我对童话由衷地喜爱。对我来说，它是文学作品中最特殊的存在。比起其他文体，它绝对是最适合用"彩色"来概括的。童话所承载的是绝对真挚的纯真、欢乐、浪漫和遐想，而这些感受都能带给人同样的美好洗涤。

在西方的童话理论中，它被广泛理解为"新神话"。神话的本初是用来弥补远古人类的蒙昧，但当人类不再普遍地无知以后呢？神话所孕育出的独特诗意和绝伦想象难道就要湮灭于历史了吗？

人们似乎是将神话中的艺术移植到更加现实的场景，以孩子的视角再现了无知的美。

因此，容我再做一次郑重的强调：童话绝对不只是写给孩子们看的。

随着各种并没有多少儿童用户的软件纷纷推出儿童节专题活动，大人小孩共同欢度儿童节已经成为普遍的事，就好像理所应当。在时代的趋势下，儿童节也成为越来越广义的名词。大家为不同的理由、以不同的方式，欢度着这个特别的节日。

我也一样。即使早已过了做儿童的年龄，也依然不甘于就此罢休。因为惶恐今年不再有人送我六一儿童节的礼物（幸好担心是多余的），我提前三天就给自己买好了一份礼物——一把可以喷出彩色泡泡的泡泡枪。

虽然它有点漏水，玩一会儿就一手的肥皂清香，但也不影响我在灿烂的阳光下看到泡泡腾空而起的心情。

在我看来，也许儿童节和童话有着某个相同的目标。当脱离童年的人们试图证明自己的生活仍旧丰富多彩，当想象逐渐匮乏的人们阖上双眼时突然想在那里添置几匹上好的天马，或许时机恰逢六一，或许无论何时何地，打开一本漂亮的童话，那么当夜幕笼罩，直到太阳再次升起，被滋润的心田都会长久地映射出斑斓色彩。

今天，就让我们和童话相伴，度过一个特别的六一。

阅读之美，朗朗仓仓

当代散文家陆春祥先生为《风起江南》系列丛书作序，提及了清末学者袁昶的日记：在一个昏暗无光的年代里，袁昶投身于阅读而获得智慧的果实，在日记中记载自己的阅读体验，谓"尽力猛扑而朗朗仓仓"——如在文学的劲风中扑身向渊向海，炽热地迸发光火，而获得了胸中一片光明。我想，此言于我也是很适用的，面对一片浩瀚书海，体察心中的那份热爱时，我又何尝不是愿意"尽力猛扑"而去的呢？我有无数在图书馆或书店里久久停留的美好记忆，也曾为找到某本绝迹于印刷厂的旧书千里奔波，沉浸书中忘却了周遭世界的体验更是不胜枚举，对阅读总是放不下一份太由衷的爱。

从小到今，阅读的愉快体验一直伴随着我。从最初被童话绘本中最真挚的情感之潮打动，随着阅读能力的提升，又逐渐接触到更多样的文字。我曾被博尔赫斯与里尔克深邃而博广的诗句久久吸引，亦倾心于朱自清淡雅沁心的散文；随余秋雨的文化苦旅踏遍过孤寂而宏伟的山河图景，也在契诃夫情节的诡谲跳动中沉醉……我透过一页页薄薄的墨痕，探眼望向无数慷慨敞开的智慧之窗，从而获得了不尽的力量，此所谓"朗朗仓仓"。

透过这些阅读，我也切实收获了很多东西。我曾经试图用各种各样的方式来展现它们。我参与讲故事比赛，将喜爱的故事朗诵演绎给更多的人；去博物馆做志愿讲解员，将在文史类书籍中收获的知识分享给全国各地的来客；我也尝试过用自己的笔去创造，并在已出版的两本个人作品集中，以写作者的视角感受这份美好。

有一味中药名为"远志"——"处则为小草，出则为远志"，寓意非常深远。要以远志打底，叠加恒久的坚持，方能达到我们想要去的远方。我认为，阅读就是一种极好的积淀，是我们向远方前行的最好动力。由广览群书所收获的知识，每一分都将成为我们的养料，扎扎实实地陪伴着我们成长。"书街里没有王，我们任意而行。"在遥遥旷野一隅，愿未来的我们都能倾听那仓仓朗朗的旋律，不负一份读书的热爱，从而重逢，以喜悦而充盈的笑容。

故事之力

"彼黍离离，彼稷之苗。行迈靡靡，中心摇摇。"

《诗经·王风》中有这样一篇民歌，写忧郁者眼里摇曳的黍与稷，全章三次重复，只换寥寥几字，却讲出了一个王朝的兴衰。田草之景，因故事而生动，因故事而具有感情的色彩。在极简的叙述背后，我们亦能感受到——一个王朝的故事，由盛而衰的宏阔图景具有多么强大的震撼力量。

正是因为被这样沉淀而出的力量打动，我去往浙江省博物馆成了一名讲解志愿者。浩瀚展厅，玻璃柜中陈列着无数精美的文物，我负责将它们背后的故事一一道来，讲给五湖四海的游客们听。器物不动，庄严地立在远处，一个个在眺望早已远去的、属于它们的一段过往，本将无人知晓；但通过讲解，这些故事都将能够被传递给更多的人，在世界的很多角落留下回响。这是一个很幸福的过程，每次当我抬头望向那些倾听中的游客，都会发现他们的眼中似有光亮，那是故事带来的希望之光，是充盈智慧的陈史之光。

"天下龙泉"特展的开幕式上，乐师奏响了一种名为青瓷磬的传统乐器，其声音之清脆悠扬，让我印象尤为深刻。12 世纪时，青瓷便经海上丝绸之路游历了世界，享"雪拉同"美名。漫长岁月中，青瓷磬时时在宫廷乐宴上被敲响。故土兴衰遥遥，漂洋过海的青瓷磬在战火中失去了返乡的机会，可是青瓷色泽犹在，它从未彷徨，仍旧作为一件乐器，用它独特而清脆的乐声讲述着古老华夏的故事。己亥岁夏，一批久居海外的龙泉青瓷被带回故土，"天下龙泉"特展就是它们回归祖国的首次重见天日。我怀着敬畏的心将它们的故事讲述，恍然发现这些青瓷游历千年，也带回了许多异乡的故事，以岁月痕迹，以泛光泽的釉身。

歌舞升平的宫廷乐宴有故事在流动，最贫瘠的世界角落亦如此。在苏丹境内靠近埃塞俄比亚边境的饥民营里，每天都有近百条生命不耐饥寒而逝去，整个营地都浸没在沉默的绝望氛围之中，鲜有生机流动。但当夜幕降临，营地中却会升起一种声音，那是悠扬的歌声，出自聚拢的人群。老者干裂的嘴唇翕合，神情庄重，在深深的律动之中，用他们的歌声讲述着一个个的故事。他们来自一个已经失去了村庄的民族，游离于饥民营，却没有忘记他们精神深处的宝物。他们就以这样的方式，让故事余音飘飘，让他们的民族，全族的文化与历史，跨越生与死的鸿沟，得到永世绵延的传承。

故事，或长或短，有的被记录成文字，有的口口相传成歌，也有的烙印在瓷身的划损痕迹里，悄无声息地遍布整个世界。它是我们精神的珍宝，它像一阵至微的清风，拂过我们的面颊，背负起最宏大的重量，托举起无数的希望。于是世界得以运转，时间迈步向前。

追溯那只远古的飞鸟

在钱塘江流域的东北部和东部，有一座古城。它实证了中华文明有五千年之久，它是历史长河最深处的居客。宏伟的城墙，丰收的稻谷，光泽鲜明的反山玉琮王，雄伟显赫的高土坛古墓，权贵云集的浩大都城，庄严宏阔的重重庙宇……阅览它的历史，一个疑问在我心中升起：是什么令 5000 年前曾经如此辉煌的良渚古城，最终无声无息地湮灭在了太湖平原？

读完《看见 5000 年——良渚王国记事》，我似乎找寻到了答案。这本书的作者马黎是一位报道考古的记者，她所做的并不止纯粹的记录与报告。或许是出于对这座古城神秘的热爱，她长期蹲守考古现场，深度追踪报道良渚遗址考古、申遗过程近 10 年，像考古工作者一样地坚守、一样地不断往返于时间的两端，为我们打开了一片片远古的天空。

良渚对我也有着此般神秘的吸引力。自小学五年级始，经历了报名、层层选拔与考核之后，我幸运地成为浙江省博物馆的一名讲解志愿者。"这是浙江省博物馆的十大镇馆之宝之一——玉琮王。它是良渚文化时期最具代表性的器物，距今已有五千多年的历史……"身着志愿者红马甲，腰间别着扩音器的我在展厅里徐徐道来。几十位游客围在我身后的立式展柜四周，拍照、聆听、端详。

展柜里静静放着五千年不朽的玉琮王。外方内圆，方表地而圆表天；这是当年良渚先民们一年一度的祭天仪式时用以通天地的神器。玉琮上雕刻着精美的神人兽面纹，那是一个神人头戴羽冠，骑跨在神兽上的图腾，象征着良渚人心中地位最高的神祇。在兽面纹的两侧，还各浅浮雕了一组变形夸张的飞鸟纹，那是良渚人对善于飞翔的鸟的崇拜。每次当我站在玉琮王身边，讲起良渚的源起与发展、良渚的繁华与没落，那玉琮上飞鸟的纹路就好像携着远古的历史翩飞而出，在我眼前盘旋；一种不可名状的鼓动就在我的心中升起，轻轻地击打我。

疫情期间，讲解服务暂停，却又有幸偶遇这本《看见5000年——良渚王国记事》，我对良渚的好奇与疑问，在细读这本书的过程中，有些得以解答，有些则激发出新的疑问，促使我在阅读的海洋里开启一场新的探险之旅——或许这就是一个阅读者的幸福吧。

"良渚遗址是实证中华五千年文明史的圣地，这个结论的确立，考古人走过了80多年，历经四代人。历史的一大步，是从考古人的一小铲，甚至是一小块石头开始的。"作者在书里用这样一小段文字，精准地描述了5000年良渚文明发现过程的宏大与细微。

与此同时更为珍贵的是，作者还认真回答了"良渚人从哪儿来"以及"良渚人去哪儿了"这一类核心的问题，她所给出的答案都恰好解决了我的疑惑。

提起对良渚人的发现，时光要回溯至 1936 年，西湖博物馆。只有 25 岁的杭州良渚镇人施昕更，正在仔细地擦拭一把有孔的石斧，他的案头还散置着一些幽幽泛着光的黑色陶片。施昕更是西湖博物馆地质矿产组的一名普通职员。他并非考古科班出身，却是第一个发现良渚遗址的人：是他揭开了浙江远古文化的神秘面纱。

这个叫作施昕更的年轻人在擦拭石斧的时候，无意中打开了一条通往古老的良渚文明的"时间通道"。他因此被称为良渚文化的发现人。

良渚城建在钱塘江以北、长江以南的地域。三面环山，东面靠海，中心聚落就在今天的杭州。良渚先民们以莫角山为中心，耗费多年心血建起了成片的村庄、高大的城墙、气势恢宏的祭台，还有连绵的水利系统。我用心去注视一枚玉琮上的神人兽面纹的眼，好像能看到五千年前那些在无垠的稻田里欢庆丰收的良渚先民。他们一定曾以为，他们是被至高无上的神明所眷顾的；他们苦心造就的这番盛世气象也必然会岁岁月月，永恒如是。

良渚文化为何衰落？这些年来，有许许多多个施昕更一直在研究，有人说是海浸，有人说是战争，也有人说是远征扩张。在读完《看见 5000 年——良渚王国记事》并查阅了其他一些资料之后，较为可信的一个推断展现在我的面前：良渚先民或许是历经了洪水劫难，才不得不离开了这片"汤汤洪水方割，荡荡怀山襄陵"的土地。

每当海平面上升时，沿海一带地下水的水位就会相应升高，加上北面的长江、南面的钱塘江也可能因集中降雨而水量骤增，原本河网密布的良渚就很容易洪水泛滥。在一次次与洪水斗争的经验积累中，良渚人逐渐在洪水极易成灾的良渚城的北面和西面建起了十一道严密的堤坝。良渚城通过高低两级水坝将大量的水流蓄积在低地与山谷，以消解洪水的威胁。

那是当时全天下最早、最为发达的水利工程，却也并不足以守卫良渚的辉煌。最后那年的雨季来得格外早，持续的时间也格外长，终于招致洪水暴发。良渚人辛苦建起的水坝百密一疏：他们疏在太仰仗自然的力量，认为自然山体就是神赐予的天然的洪水屏障，将高大的山峰也算作了堤坝的一部分。可是最终洪水从老虎山和岗公岭之间的山口汹涌而至：那里是唯一没有建水坝的地方。

我一边阅读一边想象的，不是那些城墙被汹涌洪水击溃的苍白，也不是那些玉琮玉璧玉钺之繁荣的落幕，而是良渚子民们在目睹他们的笃信带来的灾祸，他们在洪水中挣扎，在旋涡中呼号，在浪涛中消逝……我甚至想象着，良渚人双手恭敬依旧地捧着沉重的玉琮，被洪水泡软的掌心深深地感受着玉琮触手可及的每一条光滑精致的纹路，直到洪水没过臂膀，没过脖颈，没过他们高擎玉琮的双手，冰冷的水流刺激着每一个感官，直到再也无法发出任何一个音节，直到再也无力捧起玉琮，他们的心都可能从未停下祈祷……

绚烂的良渚文化就这样无声无息地湮灭于太湖平原。

"历史有多少遗产，就会留下多少谜团。"沉默的良渚人的身影究竟向何处去，我们至今无从确认，只有种种的传说在历史的偏折中回荡，化作一个个难解的谜团，萦绕并困扰着我那颗好奇的心。

我继续学习查阅一些文献资料，试图去探寻在这片土地上勇敢的人们生生不息地五千年治水的记忆。我了解到在良渚文化衰亡之后，其部族成员大多沿着钱塘江，经富春江、新安江等迁移到了西部和南部的崇山峻岭。也有研究发现，良渚先民还可能从钱塘江上游的新安江谷地，进入鄱阳湖流域，再向西沿长江而上，或向南至广东，甚至顺江而下经由浙东的海岸线出海远航……这一路，伴随着大江大海的奔腾。

如今我还常去钱塘江畔观潮。当浩瀚钱塘的水天交界处，一条白线趁人不备地出现在视野中，人群就会开始轰动。有人欢呼，有人惊喜，有人期待，也有人还没反应过来。但是不到十秒钟的时间内，所有人都会意识到：潮来了！

"漫漫平沙走白虹，瑶台失手玉杯空。晴天摇动清江底，晚日浮沉急浪中。"

潮来了。动听的波涛卷起江上清风，向一波又一波的观潮客展示着它的凶猛，白花花的浪打在堤岸，也消逝在堤岸，一次又一次跌倒在人群的面前。这是安宁的今日；但放在五千年前的远古，这大潮会侵蚀房屋、流逝庄稼，将一切变为荒芜，将一整座繁华的古城从世界抹除。稍有不慎，灵动而又充满力量的水就会乘虚而入，吞噬掉人们辛勤的果实。

良渚的浪潮平息，吴越大地上却又孕育出新的生命，人类持久不息地做着和钱江潮的抗争。我沿着这份探索之心，带着阅读赠予我的力量，继续向下探索了这片土地所历经的过往。从大禹治水、防风氏治水，到勾践使吴人筑吴塘；从五代吴越国时期钱镠率领 20 万军民从六和塔至艮山门昼夜不停修建，成就了史无前例的捍海石塘，到明代黄光昇创筑双盖五纵五横鱼鳞石塘，层层叠砌，犹如水上长城……围垦、加固、防冲、修整，后人不停歇地对钱江河口两岸进行着整治，更是展现了超凡的智慧。

新世纪伊始，钱塘江标准海塘已经建成绵延近千里。一代人有一代人的使命，不变的是对生于斯、长于斯的这片土地的热爱。

今天，当我于黄昏时分信步在钱塘江畔感受迎面的微风，每年八月十八追逐着钱江的浪潮而心潮澎湃时，还常会想起往昔悠长的岁月——无论潮水如何冲刷堤岸，记忆的源头也不会被遗忘。我不免遐想，如果能把绵延近千里的钱塘江标准海塘的堤坝技术带回良渚，在老虎山与岗公岭一带依峡建闸，筑起一道坚固屏障，蓄池、修筑、维护、测险、巡查、排涝泄洪、疏堵兼治……良渚人一定再也不会惧怕任何洪水。

再度轻轻合上书，我衷心地愿他们在这片沃土生生不息——在另一个时间和空间里，当他们在历史的扉页写下良渚文化时，那不再是一份断裂的文明，而是绵延不绝的、永不停歇的生命。在追溯历史的慨叹中，我总能汲取到一份厚重的力量。历史的长河从未停止流淌。我在河的这一头，时常向望不到边际的另一头遥遥远眺，偶尔也看到一两只来自远处的飞鸟，拍打着它们修长的玉色的翅膀，留下两三声旷野的长鸣又悠悠地飞去。

我的诗与路

深夜漫步在梅城古镇，街上已经没有了人烟，只剩零星几家店的招牌留有灯光在闪。我也正是刚从这些招牌之中的一家民宿里钻出来，捧着街头小铺最后一只热腾腾的包子，一路向前走，想吹一吹宁静夏夜的晚风。

就这样一直沿着空旷的街道向前，最终便会走出城墙，走到新安江边。这里有一片沿江的大广场，几个小时前我也来过这里，但那时歌舞升平，气球与烟花在空中遨游，广场上是人山人海。此刻灯光也暗下来，城门边不见人影，空留两朵气球在檐下滞留着摇晃，耳边亦只有江水与风的声音。这番景象让我甚至下意识放轻了脚步，不忍打扰此处不存在的沉睡者。就这么倚在城楼上，静静待了一会儿，我心中的波澜也在逐渐平复。

几天前，我尚在另一座古城驻足，欣赏另一番风景。那时的我刚刚收到了一份征文大赛的现场决赛通知，正欣喜地收了行囊，要赴梦想一战。我没有去过临海，也并没有多了解那里，却对这趟历险十分期待。因为古人游览浙东有条相对固定的线路，叫作"浙东唐诗之路"。我这一行虽不走水路，却也是由钱塘江畔往临海，沾上几分相同的意趣来。高铁上空调打得很低，清晨五六点钟我尚昏昏欲睡，后座的孩子则一路兴奋地踢着我的椅背，面对车窗外未知的风景，我也算是体验了一把前人的辗转路。轰轰，列车低语着。高铁上震颤轻微，万里路在脚下也变得飘飘然。虽没了古人马蹄颠簸的风尘仆仆，却也能切切实实感觉到自己在前行。时值盛夏，我手里捧有诗集，心里怀着光明的信念，就这样启程了一段特殊的旅途。

郁郁群山是在一刹那撞入眼帘的。两脚刚离了高铁车厢，踏上这片土地，抬头就望见苍翠连绵与蓝得无边无际的天。其实这里曾经荒芜，公元 423 年谢灵运游经此处时望到的还并非辽阔群山，甚至寻不到一方入口。他大张旗鼓，命童仆开出一条道来，深夜火把丛动，甚至惊动了官兵来探看，总算是将一片桃源的大门生造出来，敞开了这片后世墨客都愿跋涉千里而求一睹的好景致。

接下来的几天，我就在这里采风，将随景致油然生出的慨叹凝集一处，完成了一次现场决赛。这不比古人挥笔将墨宝题墙的随心痛快，却也不失执笔走天涯的乐趣。吟诗行路，我度过了十分高兴的几天。

然而，那场比赛我输了，没有拿到任何名次。得到这样的消息时我愣了很久，因为颗粒无收的结果有些出乎意料。在古城风光的浸润中，我做足了准备，虔心地将一捧对文学的热心倾泻在稿纸，渴求这份梦想能够得到认可。可是，什么都没有，这意味着我的评分几乎在末端，我的作品并不被承认。我变得有点消沉与迷茫，因为付出努力却没有收获是十分让人无力的。怎么会是这样的结果呢？我满腹不解，却也无处问询，只能垂着头离开了这座城。

　　返程的列车还未发动，我突然收到了身在建德的朋友的消息。她听说我最近有空儿，便希望邀我一游。这是一位很好客的朋友，在此之前已经带着我逛了好几次那块小小的宝地，居然仍是没有逛遍。告别临海，我很快就答应了她，也意图以此改变一下心中的郁闷。

　　前几次来到建德，都留下了美好的回忆，所以我对这里充满了信任和亲切感。坐上火车的时候，随着流云倒退，我能感觉到比赛失利所致的阴云在缓缓地消散。在建德的黄饶半岛，我重访了一片灿烂的油菜花田，然后来到梅城古镇落脚，与朋友一起在街上走到天黑，才和她告别回到民宿，再后才有了此刻的这趟深夜漫步，裹紧外套吹夏夜的风。台州府城是很恢宏的，城墙高耸，江水辽阔，房檐的古敦厚而踏实，砖瓦间仿佛轻轻碰触就会溢出一潭沉稳的澎湃。梅城古镇比之可谓寂寂无闻，也的确没有那样霸气，却温馨得喜人。江在夜色下是如墨的黑，风也毫不柔暖，那份温馨却分毫不减，或许只是主观的依赖吧？可也切切实实慰藉着自己的心情。

　　正出神，我又收到了一条新的消息，竟是另一个报名了的比赛发来的信息。内容如此似曾相识：我再次进入了一次征文的现场决赛。这次的决赛地点是桐庐。

建德和桐庐同样也都是古人那条游览众景的浙诗路的一部分。如此算来，三地踏遍，我倒像是在追寻古人足迹，也要遍历这条诗路一般。这样想着，我后知后觉地感到雀跃。原来这是一条很长的路，而我才刚刚启程。

就这样有些高兴地想着，我出神地抬了抬眸，结果便看到了出乎意料的景致，几乎以为我梦寐的诗意就在眼前，半晌才反应过来那是江上正悬着一轮明月。月光皎白，静而柔地倒映在江面上，在波澜中微微抖动，那么透彻，那么洁净……我内心当即也如月光般明亮了。我的文学梦，那轮漂亮的月光，是那样近在眼前，仿若触手可及。我心中浮现了一句诗，也正是孟浩然于此地写就：江清月近人。在遥远的过往，孟公所见的也是这样一番惊心的美景吗？我不得而知。我只知此刻，暗夜里我的视野一片明亮，心底暗涌的愁绪被轻柔地扫空了。我一伸手，就好似能揽住满怀的光彩。

我轻盈得好似要飘向空中，又分明正脚踏实地。眼望一片光明，我已经不再忧虑。诗在眼前，路在脚下，或失意或快意，多少文人墨客都走过了这条坎坷却又遍布美景的路。我亦将如此前行：怀一颗热忱之心，眼望高悬的明月，勇敢地向前走去。

卷四 走神

这座城市被震颤、炙烤前的色泽，
无论多久都请去发现吧。
落日已然流逝，
余下的只有落寞的夜色，
在海面上轻轻唱歌，
孤单地被月光穿刺心。

庞贝笔记

NUNC EST IRA RECENS NUNC EST DISCEDERE TEMPUS SI DOLOR AFUERIT CREDE REDIBIT AMOR

"现在怒火仍在燃烧，该是走开的时刻。倘若痛苦将会消失，相信我，爱也将会重来。"

公元79年，八月或者十月，维苏威乌斯爆发。或者说，维苏威火山在这场喷发中诞生。与此同时，古罗马城市庞贝被火山灰彻底覆盖，化作死寂的过往。出于对那场灾难的恐惧，庞贝遗址之上不再有新城建立。火山灰像茫茫白雪，覆盖在过往的鲜活之上，将那座踊跃的、饱有秋之丰饶的城市，逼入了无尽的寒冬。近两千年来考古学家们一直对这座城市进行着饥渴的发掘、漫长的研究，本文开头的句子也正摘自庞贝一座房屋墙上的壁文。庞贝文物展正在全球巡回。而在被火山灰掩埋了的鲜活之中，最生动的无疑就是这些由连名字也不知道的原住民们在绝望的灾难中无意识地留下的、以时间为轴向前推进的碎片。原文毫无疑问由罗马语写就，现转载如下，文字没有任何变动。

　　强盗：气泡在海面蒸腾着，花朵从浪潮中逝去。我见沙粒焦躁地跳跃着，像是想挣脱什么，贝壳沉默地看着它，显得有些无可奈何。忽然一根海草奔涌上岸，不安地扭动瘦弱身躯，它神情慌张又狰狞，绝望地诉说着一个无法改变的事实，但是被海捂住了嘴，很快就拖回与世隔绝的地域。我刚回过神来，忘掉了海草抬起头，就发现眨眼间落日已然流逝，余下的只有落寞的夜色，在海面上轻轻唱歌，孤单地被月光穿刺心。

　　天才：我是。我是一只天鹅，如此招摇地挺着脆弱的脖颈。我带着斯多葛派的高傲、整日漂浮在青绿的池水，我等待着一个我没有真的很期待的时刻；每逢午夜我就失眠，然后泪流满面地想念母亲，咒骂那条名叫时间的鬣狗，直到泪花溅醒了河面，我才低下头去，从波光中俯瞰遥远的星空。我是那样顺从，我是那样平淡——我伸开细弱的双腿，抖一抖浑身肥大的羽毛，张开双翼（但是不起飞），结束。太阳初升我就睡着，我听到起飞的声音层层叠叠在我耳边响起，可却还是一点也不伤心。然后我的湖迎来了一群欢叫着的红嘴鸥，偶尔有两只脚的哺乳动物惊叹着路过，于是我跟从自己残余的最后一点本能、抬起脆弱的脖颈。风吹过花开然后凋零雨迫切地钻进泥土月光是虚幻但坚韧的明镜在照耀，此刻究竟是八月还是十月？在末尾，我瑟瑟地颤着，因为寒冬正在靠近。即便是寒冬我也不愿离开，就连地震也无法将我驱逐，就这样享受着属于我的、从不改变的命运……

画师：可恨的灰泥，为什么一定要凝固？黏稠的液体缓缓流动着，一场赛跑正在进行，关乎报酬和效率。我描摹又创造，丘比特、丘比特、战车……这一切又是否具象呢？乐观的主人在享用水果，而金钱就从修缮破损房屋这条宽大的水管汩汩向我流淌——请晚点惠顾吧，下一次灾难！在地震与地震间忙碌的我如此祈求。即便如此，还是不断地有人离去，尤其是富人。最好的葡萄酒和咖乳迅速地从城市里消失了。画师也越来越少。灾难之城，从十七年前开始笼罩城市的阴云，像个固执的巨婴把玩着我们震颤的命运。不逃走的我在想什么？在工作。在修补壁画。

信徒：那条被烤炉的烟熏黑的长长的裂缝，揭开会通向哪里？这是找寻你的正确方法吗？从 62 年的损毁到如今，你的神庙已得到了完全的修复，软弱的神祇！这次是科林斯式的，正焕发着时代独有的光芒，绚烂至极，请别再置气于异教徒的愚蠢……诚然！那一次次毁灭的震动正消磨我的信心，将崇拜烧成条条速食面那样曲折的焦炭；然而修复也正按部就班，下一次灾难或许已在路上被永恒暂停，若是那样，我又怎能抛下你，可怜的缄默者！我好口渴……

强盗：讨厌海，但迫切地需要水，不仅是喷水池，就连公共浴室也干涸了。只有蓄水池里会有水，但那些净是不属于我的水。马路一侧有几个奴隶在挖长沟，好把被地震折弯的管道换上去。希望他们能再快一点，或者干脆别再当奴隶。每间房屋都有忙碌的身影，几个星期前又发生过一场地震，但我们都还活着。早上去西边巷口买面包，还看见了烤炉边上那条用灰泥重新修补了的裂缝。来自十七年前的那场地震，噩梦的开端。面包。美味的面包。

　　天才：你的爪有多锋利呀，难道能撕裂池底的月圆？你的语气太确凿，你的尾巴却自顾自开始了生长。你向池底挥爪，冷冷的银光唤醒了秋，于是一树一丛的叶子都掉落，紧接着刮了剜骨的大风，下了几场绵寒的雨，叶子精心打扮了一辈子的造型就被磨灭，空剩下一水洼冰凉的绿粥。那难道还不令人反胃吗？晦涩的青草模棱两可地点头，夕阳沉默而卑微地退场，是否也能被视为一场定格的永别呢？要我客观评价，却只见你张开口吐起泡泡来，它们有的沉甸甸落地，有的轻飘飘远走，接着都消失破裂，最后只剩下你愁眉不展，虚度大半天空荡荡的沉默。你难道在给自己制作纪念品吗？别怪我熄灭你的热情，它们的停留多短暂呀？也许你应该试试变成青蛙，然后再试着向金蟾发展，就算不能口吐金银，好歹堆积些永恒吧？你蹬你的短腿，我却又不忍骂你愚蠢，我见证你，趁你美梦就偷偷叹息，等你醒转又大加吹捧……惊醒已不是闲谈的时候……

天才：马上，擦亮你的眼，从被窝钻出来！身前十米处有海浪在前进，时速不明。有时候你只是一本书，从泛黄的纸张中剥落下字句，看起来智慧又渊博，可是又怕水又怕火。总不能就这样把自己当成永恒了吧！是盲目使得我们享有暖心的温度，而率真的阳光则完全是无私奉献且得不到回报，就像此刻我眼前出现的，矮矮群山上空罩起诡谲的灰色云团，那里裹挟着的是什么，我仍然懒于告知你！我这样述说着，看呆了多少分钟，难以判断是该像地震时那样卷起贵重物品躲避起来，还是予以全新的处理，例如头也不回丢下一切狼狈地出逃，抑或冲向信号塔士兵们的营地，要求他们迅速向最高指挥官发送求救信……请看啊，请看！末日正沉默着招手，危险貌似已临近了，但并不紧迫。然后世界陷入了无法定义的寂静之中，留下的是多久？

强盗：现在是十三点，只消再度过一会儿，烤炉中的八十一块面包就将出炉。莫德斯托是个软弱的面包工，我至少可以拿走其中的三块。或许五块。世界像宽广的海，我向它做无限微小的索取，作为失败的报复，磨损着漫长的时间。我从墙角向里看去，下一秒他和他的奴隶们神色慌张地冲了出来，就这么忽略了可怕的我。我气恼不已，顺他们的目光向天空看去，却见另一个强盗探出了头脑：此刻，群山中一道巨大的黑色烟柱快速向上冲刺，爆炸声从群山中响起，如新生婴儿在啼哭，且愈演愈烈。尽可以想象那堆积的恐惧正蔓延，太阳在黑色幕布边暗淡，崭新的主角正神秘登场……而我，本就已是城市的弃子，却为何踌躇不肯离去？

天才：跑！跑！跑！除非你想直面一百亿吨的岩浆！此刻心无旁骛，而生命在叫嚣，若死去就将被视作愚昧的亡魂！

画师："乓'，巨大的响声，惊得我从梯子上摔落，灰泥桶也打翻。从早上开始外面就总是隐约有些动静，到底是谁在吵闹？我暂时停下与潮泥灰的赛跑，走了出去。然后，黑色烟柱掷出了无数的大理石块，燃烧着沸腾着掷地有声，天底下残存着两种颜色，每种都那样令人绝望……从这里正好能看到广场，第一秒钟站满了人，从第二秒开始人们四处逃窜。石块从遥远的高空重击地面，浮石将城市笼罩。转身的恍神间眼前一黑，再抬起头什么也无法找寻了，黑烟严实地遮蔽了太阳，永夜降临，寂静的广场残留下几具死亡……我奔回屋中乞求庇护。纯粹的黑暗中眼睛已失去了效用，接着耳朵也被碎石击打地面的噼啪声贯彻，恐惧蒙蔽了求索，凛冽的寒风向那热源吹刮而去，然后细密的灰尘铺天盖地，呼吸也伴随着烧灼。与地震有着天壤之别，与以往的任何一次灾难相比，这一次都更加令人恐惧，而且毫无疑问将造成更多的死亡。然而十七年以来灾难从未停歇，我的生活也从未结束。我倚靠在狭小的墙角，在震动中等待着迟来的光明。或许很快，或许明天，这黑暗的震颤终将离去，我将获得新的画笔，再次不厌其烦地描摹这幅跳跃着丘比特的壁画。

信徒：几位祭司和他们的助手已经匆匆离开了神庙，打包带走了最珍贵的圣物。而我，与其他的几位祭司，则停留在神庙中，继续着未完成的祈祷。灾难在城市盘桓，我们软弱的神明则婴儿般哭闹着降下更多，这次除了强震，还有黑暗与无尽的细尘。我们机械地食用面包、鱼、蛋，然后再设法留下一些。这些是午饭，也可能将成为晚饭。请看看你无理的撒泼带来的这一切吧！我并无埋怨之意，甚至继续着恳切的祷告，然而盼你转念的心情是如此迫切！

天才：徒劳叫喊的人已停歇下来。从窗口清晰可见，大海激荡得不可思议。太阳已消失，暗无天日的沉默中海浪如野兽般叫嚣，伴衬远方山的轰鸣。奴隶已备好船只，然而海拒绝着我的前行，我也并不愿离去。名誉是如此具有范围性，如同我刚才所说，我将永远不会离开这片天鹅湖。沙滩上聚集着人群，强震摧毁了太多房屋，顷刻间脆弱的庶民流离失所。下午，或是晚上，时间被拉得越来越长，嘈杂的沙滩回响着恐惧的绝望。此刻，有太多的选择供给做出，只是难有悬念通通指向死亡。我的借口是不愿离去，还有多少人在苦思着，为保住那颗众望所归的聪明头脑呢？此后，更多房屋将坍塌，猛烈的热流会将整个沙滩上的人焚烧。然后浮石与火山灰，更多更汹涌的巨流席卷城市，死亡叠加，直到一切彻底化为灰烬……我究竟愿意活到哪一刻呢？

信徒：每次呼吸都伴随着烧灼般的痛苦。门窗已被堆积起两米高的浮石堵死，逃生的通道已不存在。试图开凿墙壁的祭司成功了一半，又败在更坚硬的外墙上。这是神赐的苦行，还是仍然毫无因果可循的恼怒？如若继续，我们将在漫长的等待中，在黑暗的神庙里，绝望地等候无法相遇的黎明。下一秒钟会获救吗？下一秒钟会获救吗？三秒过去，四秒过去，氧气再难找寻。我们伏倒在午餐桌上，脑袋发昏，重复地期盼着。不知是倦意袭来还是痛苦地窒息，我们在夜晚，或许隐性的智慧曾在脑海一闪而过，然而追究结果一切都过晚，神一言不发，灰烬却招摇过市，——此刻唯有永眠。

画师：浮石淹没了几乎整座房屋。城市在三米厚的灰粒中陷落，唯有屋顶摇摇欲坠，泄入熹微的天光。震耳欲聋的响声还在持续，甚至加剧了。地壳不知疲倦地摇动，将每个人的意志力缓缓消磨。迟钝如我也当明白，这并不是曾经发生过的某场地震的重演，而是崭新的，末日。家人全数失联，屋中仅我与几个共事的画师。此刻我们分散开来，几个选择留在底层，虽然随时将被堵死失去空气，但是浮石已为底层做了坚实的支撑，那里将免于坍塌。而我和另外几个待在了二层。或许随时将会坍塌，但屋顶那通向浮石层顶端的希望之窗是我们逃生的唯一希望。夜晚谁也不敢合眼，只静静听那隆隆的声响从四周宣告着绝望的恐惧。很久之后，可喜的事终于出现：漫长的时间流逝，那些嘈杂的动静终于缓慢地消失了。不再有地震，一切似乎短暂地平静了。我们架着梯子从屋顶爬出多慕思，踩在深深的尘土间，艰难地拔出腿脚。一片荒芜之上，零星有人点着油灯，我们心中惊疑不定，却早已逃避地暗暗想过无数次：到离开庞贝的时候了。这座承载着我的生命的，如此鲜活地闪烁着的城市，眨眼如此这般，使人空余畏惧。我回过神，寻不见同伴的身影，向后看，同伴正停下脚步抬着头，呆呆地出神。我顺着那目光望去，密布尘埃的灰烬之中，太阳竟已再度升起。冷冷的橙光透过层层黑暗，漠视着绝望的我们。那遥远的、难以触碰的光明啊，何时才能抵达，正如同我们心中所希冀……

　　强盗：在绝望的狂乱中，我忙碌着勒索了三个怀揣着最贵重的珍宝的、失神的贵妇，然后将所得的金链、两条镶嵌着金蛇的手镯戴上身，怀抱着五块硕大的面包，跟着人群乱撞。黑暗的黎明难以想起什么，唯有那根不安的海草在眼前挥之不去，如同一条让人毛骨悚然的预言。后怕也无济于事，在这难得的平息中，大多数人都选择了重回街道，寻找下一个更理想的庇护所。此刻，山已不再是群山，维苏威乌斯已高高拔起，在渺小残败的城市后方如同魔王在挥爪。喷射柱高耸入云，揭示着结束还很遥远，逃难将漫长到难以想象，如果有人能在这种环境下一直幸存。奔波是如此让人疲累，更何况我们在浮石与灰尘中行走，正如同在深深的积雪中迈步那样艰难。时时有残肢从街侧的灰泥中显露，婴儿崩溃大哭，城市死气沉沉。如若一切终将以惨烈的死亡告终，留下的将是什么？在多久的沉寂以后，我们、我们的五彩缤纷的城市，才能够重现光彩？至少我将如此祈盼……眼前，崭新的巨流已奔涌而来。不及逃窜的我们绝望地挣扎，颤抖的双手握起拳，格挡似的举在额前，面对红热的巨流紧闭起畏惧的双眼。若难以留下姓名，至少谨记我的身份吧，请从烧焦的面包上去找寻，请从手镯——高昂的蛇头中去思索……切勿将我误认作是可怜的窃贼。除此之外，这座城市被震颤、炙烤前的色泽，无论多久都请去发现吧。

想必初读的你心中充满疑虑，然而我只希望由此说明：文字虽由传递信息的功能而产生，却绝不止步于此。文学在传递主旨、传递意义、传递爱之余，亦有其更加丰富的内在。无须企图将其定义，只是从中不断地、无尽地发掘吧——让那宽绰的未来绝不受到远古的因束。我用这篇来展现文学在文字美上尚有可能探索的无限空间。这是一个极度简单的故事：平凡的一天，火山爆发了，所有人死了。然而繁华的文笔并不一定是累赘：何不试着用艺术的眼光将其赏析？汲简与极繁并无高下之分，而今时代的天平却倾斜了！以我青涩的笔触或许还无法展现繁复之美，然而这正是我想表达的。

参考文献：

1. 安杰拉.《庞贝三日》［M］.董婵娟，译.北京：中国社会科学出版社.2017年.

2. 比尔德.《庞贝：一座罗马城市的生与死》［M］.熊宸，

译．北京：民主与建设出版社．2019 年．

3. 毛鸟．《庞贝的生活与艺术》［M］．杨军，译．上海：上海三联书店．2014 年．

4. 阿利埃斯、杜比．《私人生活史Ⅰ》［M］．李群等，译．哈尔滨：北方文艺出版社．2016 年．

5. 帕内塔．《庞贝古城：永恒的历史、生活和艺术》［M］．张晓雨，译．武汉：华中科技大学出版社．2019 年．

发明家

　　火山喷发之前，最后那一个月城上都笼罩着黑压压的云，时刻都要坠落下的岩浆，与越来越燥热的天气。王颁布了他的最后一条律令，臣民们最后一次执行，那一纸公告写的是：面包师不许再烘焙，裁缝不许修补（或制造）衣物，木匠不许再打开自己的工具箱，音乐家不许再演奏（或创作）乐曲。还有很长的一串，都是如是的信号。我是作为单独的，被遗漏的，因为这座城里没有人和我一样自诩为发明家。这一个月我都不再出门，生怕我也被禁止继续我的发明事业（即便一个月过去我什么也没有制造出来）。我的发明并不少，有铁制的机器能在一分钟内独立制造三片（能够飞上天的）云朵，有威力巨大的海绵能够吸干一条挡路的河流，有玻璃的光滑平面能映射出一百米以外的场景在五分钟之内会发生的变化（当然，这点通常微不可察）。但是这些都即将变得不再重要（即使是对最后一个坚信它们具有意义的人来说），因为木质的、铁制的，即便是水晶的，都会在这场铺天盖地的灾难中消亡，流失，最终回归到它们未经发明时的雏形，隐藏到大自然去。

我和这些发明做着可怜的告别，有时候互诉衷肠，有时候相对无言，像街上的所有人一样无所事事。直到一天我从自动摇篮里醒来，摇篮停止摇动后我望向那片有点蒙尘的镜子（即便我昨天刚刚擦拭过它），看到了一束喷发的火。在那之后我也没有立刻起床，我脑中空白，不知道该做些什么。连王也没有逃出去，难道我要乘坐我的月亮能马车离开我的乡土？何况这该死的火山黑云挡住了全部的月光（它们本来就是那样微弱）！我的镜子不断地变化，我从未见到它映射出过与现实如此不同的画面……与此同时我发出的另一声惊呼是，这截然不同的另一切即将在这寂静没有希望的小城中发生。五分钟，现在越来越近，我看到镜子里有我熟悉的人带着同样惊惶而悲伤的面孔奔跑而过，西边巷口的面包师，东边巷尾出来买威士忌（即便早已没有卖）的糊涂醉汉，歌剧院最富名望的舞蹈家的母亲以及她五十年之交的挚友……我看着他们，像是最热烫的流星，一个接一个地从我眼前划过。天底下都变成那种奇异的火红色（当然也是镜子的成色所致），映衬着一张张难过的脸。裙摆起火，篮筐被烧焦，还好王的那条新律令被死死地刻在城北新筑没几个月的那道高墙上……也许，那些工整的刻字，会伴随着这座被烧焦的古城，成为我们存在过的证明呢！

想到这里，我才发现自己还迫切地有事需要做，最后的三到四分钟（大概如此吧，请原谅我没有心情去找兔子借他的怀表了！），我才突然发现了这一点！我的心里开始充满难以置信的遗憾，我的表情也开始变得有点悲哀了吧？我从床头的工具箱里拿出最好的刻刀（那是我的祖父在十六年前的秋天送给我的），伏在我最棒的一个墙角边，开始刻字。我刻我为了搜集材料向城里的好心人欠下的几笔债，刻上周我看到镜中那个醉汉（最后的这一个月，他还坚持着每天都到闹市区的那家百货商店问一句威士忌的行踪）的肚皮上有一个绿彩笔画的笑脸（我据此推断他有一个顽皮且活力十足的小儿子）。我想来想去，也许是我太武断，那醉汉也未尝不可是去为他的小儿子买恐龙手偶呢？当然我无法明白男孩们对那种史前恐怖分子长久的巨大热情，我相信他们会被那家伙的真身吓得尿裤子……

集中精力！现在可不是想这个的时候，还剩下多久？我刻得手都发酸了，那场预言中的灾难还没有发生，可是我的镜子从不会出错。我开始有些后悔方才没有及时地看表，因为现在即便去看也早已于事无补。我是说，现在的五分钟之后，我早就灰飞烟灭啦！

舞　者

　　像在唱歌剧，她扯开了嗓子去赞颂，却又充满了娴熟的掌控。柔和的光普照寸寸的土壤，于是世界不再皲裂，星光落进缝隙开始生长。青涩的耳朵经历了蜕变，粗糙的纱布因为透明而拥有了绵软的触觉。让人高兴的好消息接踵而至，狂欢的笑声盖过了一切死寂，谁愚蠢地挥动着那捧吹嘘，然后被踩踏在地上，窒息或者屈辱致死。从那个久违的死亡开始，才有人朦胧间醒转，于是美好的舞台灯光被打碎一地，她热忱的美学像向日葵枯萎一样直接而丑陋地消逝……数千万只曾经秋波流动的眼睛充满了惊悚的绝望，在阖闭的前一刻尽盛满了无法遮掩的嫌恶。与此同时——在一切陷入黑寂的同时，我的蜡烛像奶油一样倾倒，然后快速凝固，乳白色的笑容掩藏了所有沉溺其间的灰絮。那是她的网，犹如一份伤心的母爱，动人而凄冷。火光不停抖动，那是利刃出鞘，垫高了脚尖拉长了腰身，踩着越来越短的蜡芯向头顶的空气狠狠刺下，淡蓝色的火夹杂着刺骨的寒意将她裹挟了，但是呢，但是还有什么是温暖的，还在拥抱着她呢？拥抱着她那贫瘠的乳水，她那丰盈的泪花，她难以下咽的苦楚，是火光，伴随着幻梦般不可置信的惨烈将她烧毁……

我拥有了如愿以偿的盛名，那是后话。彼时，艺术自毁于湿润的精神原野，谁歌颂了模糊的泪水，谁从尘埃间用炼金术重塑了一枝沉默的玫瑰，谁脑中还在怀念她风里的歌舞，她纤细手指轻轻奏出那支小夜曲，一轮明月般的竖琴，她是一颗明星轻盈地越过，像是在我鼻尖落吻。我偶尔还能闻到她的蜡烛的芳香，有时也哼唱她作的摇篮曲。浪漫像一池涌动的溪水，我由此得到无可磨灭的动力。她呀……她从不说我是骄傲的。我真骄傲吗？

梦的箴言

模糊间，沙滩上，一位老者向年轻的我说了一句话。恍惚的时候海浪拍打他脚后跟。他背对海而立，我却看不清他的脸，看不清他的一切。他好像对海丝毫不好奇，没有回头的意思，反倒我总在试图绕过他张望蓝宝石般的色泽。他头发很长，灰白色，显得干瘪如枯柴，在海风里被一点点吹拂起来了，又落下去了，像浪花一样，一模一样。

那句话像祝福，也像预言，或者一种感慨。永恒带来的是无尽的震撼，在寂寥的海岸边，没有其他的人，只有缠绕的海藻。他沉吟，海鸥掠过我们肩头。安静地等待着下一刻，可是他好像也不知道该说什么了，只是默默地立在那里，又不舍得走，似乎历经了好多好多的沧桑与难。

最后的最后，天突然阴沉了，不知道为什么，我明白他要走。最后他抬起眼睛让我看见了他的脸，苍老、忧愁、枯瘦。但是我突然明白他是谁，不是他而是她。少女般的长睫毛下面，一双湛蓝的眼睛深深凝视着我，像海一样的水光。她欲言又止，越来越年轻，又好像依旧很苍老。我视线出现错觉，乱成一片了，仍旧手足无措。怎么办，怎么办？这是哪里？

　　她消失之前是笑着的，动听的女子笑声。她说，最后，我还会来到海边。

城　堡

　　我在云端，仰望遥不可及的神殿，仿佛泪如雨下。那太矫情也太虚伪，劣质的棉花云散发出丝丝甜，沾水沦陷。金粉洁白雍容华贵的城堡，有着世上最绚烂的色泽与光晕。我看到面带笑容的幸福鸟向城堡中飞去，也看到面容庄重的木偶从正门跨河而出。发红的木鼻子和颤动的绒帽子，飞舞的嘈杂的一切，徘徊的纯挚的笑容，我知道那是我遥不可及而又夜夜心生向往的童话。

　　童话在夜幕离去时随着夜幕离去了，太阳升起时我随着太阳升起了，于是生活按部就班，我仍然是一个名副其实的普通人，不太善良也没那么片面。但是管他呢，谁都可以向往童话，这是自由。

铁皮人

　　有时候我又觉得她说得对。时间像丝带，越拉越长，但是回忆不改，绿叶凋零依旧。太阳也有时候会不炎热，玫瑰也可以有时候不浪漫。两杯酒下肚，我的脑袋已经被热浪烧灼如夏，昏沉又清醒的意识在啤酒浴里快要淹死。好像有亲吻，好像有泪水，也是像醉酒者的脸颊那样滚烫的，流淌到脖颈和臂弯去，顺着衣领钻进冬天的漏缝。一点点预感像是细雪降临到心尖，但是太狂妄与自以为是，就变成了谎言。最后我们长短不一地结束，即便同时开始也没有了既定的结局。每片叶子不一样，纹路永远无法贴合，于是裂隙就被汜水钻了空子。

　　可不可以再多一点？铁皮人摇头眼神迷离，身子也被酒精蚀了一半。他看起来越来越迟钝了，然后也说不出话，就那么倚靠在摇椅上，在晚风中一摇一摆地。他说他失恋了，我说不只有他一个，然后才反应过来他在瞎说。那天最后他比我先受到了亲吻，带着残破的身躯和仍旧空荡的心室。爱人想用枕头里的鹅毛绒将他的心室填得满满的，他也拒绝了。最后还是只有我陪着他回去，回哪里，我不知道，他也不知道。

星 光

　　无数星光在湖面上点点铺散开来，天空上明月像风车一样转动着。它们都有些不合时宜了。

　　和我们如出一辙。我们的生命绽放在寒冬雪夜，却老是盼暖春来。其实大家好像都不太开心，因为这个时代不太需要传奇或者妙趣的人物了，也不太需要童话的剪影。我们被遗弃在冰蓝的湖畔，觉得这平静的湖实在比海水可爱太多。她看着我，认真地看着，一双平凡的眼睛里好像有泪水凝滞。她问我看见了吗？然后一阵风就吹来，是冷风，久违的疼痛，也化作锋利的刃顺冰冷湖水攀爬上我们脚趾尖。那星光不断地汇集起来，又散开，好像越来越多了，就在湖面上不停地、不停地绽放。

　　我说，我看见了，是真的看见了，一扇童话般的大门裹挟美好在湖对岸展开，我们和门之间是数不清的星光。那门说了，美好的代价也是美好，但是我们紧紧拉着彼此的手向那扇大门奔去，梦醒时我失去美好，得到温暖的床。

月 球

那种爱情是逐渐变淡的，我这样和她说，当我们共枕于月光后面，被蔷薇的香气蛊惑，双双陷入沉睡。

我们立于月球的阴影面，以此逃避阳光的热吻。皎洁的陨石群飞奔而来，被光线穿透，粉碎在黑暗中，无际地飘浮，直到再生，分裂再生，汇聚再生。滚烫的极寒的月球表面妄图凝固时间，时间融化又凝固，又升华，又离去，留下飞速转动的月球和无法逃避的陨石，自相残杀。

月光晕染宇宙和星尘，明暗分界线的藤蔓向四面八方疯长。一颗陨石穿刺我划过天际，血液凝固成无法呼吸的碎星，我们在世界长存。

纳　海

　　我把海变成一匹布，然后折三折，装进口袋里。我拍拍口袋往前走，海在我口袋里摇来晃去，海浪拍打我的腿。这样往前走，没几步就累了。海太庞大，它是负担，但抛不下。我把布拿出来攥在手心里，手汗也融进海里去，只能再更小心一点。沉甸甸的分量就是那一匹平平的布，我手指从中间一点，海里就起一个巨大的旋涡。这是哪片海？没人告诉我。我只看到深蓝的一片，可海都长这样。但我一路走去，有种直觉：我前面，再走一会儿，就能找到那片消失的海。

小森林

　　要穿过怎样的隐秘，最后才得到见证，飘浮的树叶在风中跃动，碰到树干就又萎靡。新年的喜悦犹在耳畔，可是时间飞逝，我已经在这片小小的森林花费太多凌乱的心绪。最后的苹果，汁水都被冻成冰碴儿，我把它放在蜡烛上烘烤，它又像是雪人在融化。天空还没有落雪的打算，阴沉沉地，好似积压了一段沉重的回忆。冷风吹不散白雾，只任由它氤氲在空气，然后我看到远处的树丛间朦胧出现了一匹红色的裙裾，带着火一样的温暖奔涌而来。我的蜡烛不经意间熄灭，就那么依靠着她，我所熟知的，小森林的主人……

真 心

睡眼蒙眬时，我会回忆（幻想）无数昨夜，由凉凉月色装点的谎，是我们欢歌达旦的结晶。

或起舞或编撰，枕文字的折影、历史的曲解以及童话的反叛，牵她洁白又如夜魅的裙摆，自说自话直到陷入死寂。但我其实确乎有话要说：我们就如疼痛与疗愈那般相伴相生！梦里我大喊，致使她枕边吹过了微风，权作夜空闪过的光点的遗留……醒时忆你如饮甘露在清晨，润过我闷燥火燎的心口，用更甜美的刺痛掩盖刺痛。

否则，你的音容，于沉湎梦乡的我，难道还有什么其他意义？丝绸一般柔滑的泥土啊！

也许那是南方

也许那是南方。潮湿海岸上泥泞的沙土翻扬，浑浊的尘土被卷起在日光下，永远都暖洋洋。我会看到无处落足的鸟儿于寒冬飞来与我做伴，却又耐不住炎热，很快就离开了。也许我会试图开垦那荒芜的咸涩土地，也许我会品尝自己的丰收。我飞掠海面，我望向海的尽头。那上有什么呢，那里是北方吗？可是鸟雁从不飞往那里，我仅仅见到过洁白的海鸥。它们不捎信件，它们是最纯粹的旅行家。

我更想被流放到海鸥的背脊……在一次次的扇动中感受着肩膀的沉稳和永远吹过面颊的海风。或许我比它长寿，那么它落往地面的日子便是我流放之期的终结，我是说也许。

蝉 鸣

蝉鸣响彻森林，带来的是无处不在的神秘与恐惧。那些鸣叫声包围了我，也许还有其他的虫。每一片树叶上的两只眼睛窥视着不速之客，我的外衣沾满了水露。

夜晚不该来森林，所有小孩都知道这一点。但是穿越森林才能抵达幸福终点，仙女祝福我说我会做到。斑驳树影在月色的投射下跌落到地上，有时蔓延上我脚尖，或是手背。

抬起头忽见烟花乍起，在离森林很远的夜空中，也许是另一个世界，也许是另一个宇宙，那些倒立行走的人向下投掷的烟花。它们有着粉红色泽和舒展花瓣，像是最后的春之花。

与那些烟花遥相呼应的，被仙女祝福的硬币被抛进森林深处水潭。无论如何清澈，在夜晚终于只剩下月光倒影，银色光滑币面反射一道月光溅起水花，打破一场仲夏夜之梦。

海水珍珠

帆船已经驶向了海的尽头。

阿拉伯三角帆船的帆像是鸽子的翅膀，不过微有些泛黄了。这并不影响它的飘逸，因为我亲眼看着它还在海上——不，是空中——海天的融合之处，不急不缓地摇曳着，背对着风，也背对着我。我们相伴那么多年，它总是只给我它的背影。

真是让人生气。它不肯露出它柔软的脸庞，不肯向我有一瞬的回眸。它永远仰望着天空，永远向往着那方清宁。可是，海和天又有什么差别呢。出了太阳了海就变成天，下了雨了天就变成海。

一点儿也没错——海上的雨那样汹涌，天和海都在咆哮，都有一道道刺眼的白浪花儿，有时候我到岸边去，天变成的海就把我整个儿卷进了细密的波涛。

我才不会被它卷走呢：我可是波斯湾这蔚蓝海岸边的采珠人。我每天都能下潜五十多次，就在那海变成的海里要找到那些玲珑的珍珠，那些被我们的先辈们称为"月亮的眼泪"的珍珠。

　　用刀撬开那些在水草里拣出来的小贝壳儿，平均十个才能出四颗珍珠，难得很。那珍珠真正撬出来的时候，一点儿也不圆，而且从里到外都发着黑，生着斑点。刚开始采珠的时候辛苦那么久却只能得到这样的小东西，总是令人沮丧的。但是后来我们都爱上了海，于是也爱上了原生珍珠的质朴。

　　潜到深蓝色之中的时候，神秘色彩的压迫让人无法动弹，沉重的压力时刻告诫着我们这群不合时宜的侵入者它真正的力量，而我们在那种威压下看到了贝类生物的花纹与海水里摇摆不定的光的重合，在那个刹那，所有的时间都变得缓慢，好像无风的海那样醇厚悠然。有一种水波的颤动脱离我的耳膜直达心底，一条鱼在我身下寂寥地游过。很久以前我就逐步失去了和鱼的不同点：没有海我们谁都活不了。任何一朵浪花也是这样，任何一片帆也是这样。月亮将为我们落泪，施舍我们以海、以珍珠。

　　于是我抬起头去问我的帆，它为什么还要向往天空。我看到它与风的激烈搏斗骤停了一秒，那一秒以后一切都脱离了我的掌控，这不再是那个属于我的世界。

　　海水挣扎着涌回我的记忆里，一些浪花在沙中死去，一些仓皇退回。海面上看不到任何一条鱼，我的白色的风帆凭空溃烂，我的帆船变得沉默不语，我抬起头要看天时只觉得头晕眼花，我陡然间停下了沿着沙滩来回走的脚步，感受到脚底板被沙子磨得生疼发烫，感受到脚下那一小段海滩被我走得凹陷，感受到海和天突然间分清了界限，我醒过来。

　　我已经是一个苍老的采珠人，拥有了很多平淡而漫长的故事，然而在一个采珠已经被禁止很多年了的地域，再也没有人需要悉心聆听我的过往。

　　我的海已经疲惫了。它再也承载不了我那昂头挺胸的三角帆船，而以我的寿命也再等不到它重新怀抱我的那一天。我们曾经心怀悲悯地对望很久，虽然我依旧不如它苍老，但我们都已然脆弱得岌岌可危。如今的海滩上像消化不良一样吞吐着成堆的海藻，它们就像我发白的胡须一样黏答答，纪念着某一声不可名状的叹息。

　　于是我患上了幻想症。其实我并不完全清楚这个病状是什么时候出现的，因为从我的帆还是纯白颜色的时候开始，我就狂热地爱着幻想，并且一直到今天也没有放弃这份热爱。不过我坚信这是海赋予我的慰藉。于是我每天都会有一段时间不停地在海边来回踱步，不可救药地陷入完完全全的幻想中。

　　从那以后我与幻想相依为命。我幻想海和天，幻想一切的忧伤，幻想从前采珠时乘坐的三角帆船，幻想海风鱼腥，幻想白浪拍打，幻想从前和现在的一切的背影。我明白我的帆船、浪花与鱼为什么都用背影对着我而去向往天空了：它们都能触及海面，可终生都将与天空无缘——并且在我们的世界里，能够向往的庞然大物只有海天而已。

　　海的中央就是天的中央，我也想离天再近一些。于是我的脚触及了冰凉海水，浪花带走我脚趾缝间的沙粒，又带来新的另一些。我的脚腕被陌生的海草缠绕，做着柔软又无力的最后的挽留。

我为活着而生，我别无选择地深爱着海。我的爱肤浅又虚伪，但是海让我活了下来。

我用背影面对和我抗争了一辈子的海，慢慢向海中央走去，感受到下潜的后遗症——海的压力在我伸出脚的那一刻起就不停增长着，我的心狂热地跳动，我将那种胸口发胀的心情理解为爱。我想起强大海压让我的耳膜破裂前我曾听见的海浪与鸥鸣，想起全身上下无处可逃的压迫感，想起从前同伴出了海见到天时突兀地吐血而亡，想起爱我的海呛入喉咙的深吻，冰凉又咸涩。直到我的腿上也开始被浪花带来沙粒，我的腰肢，我的肩背，我的脖颈。

我送给与我形影不离、相依一生、永远深爱、已经刻入我生命中的海，送给它残缺的我的背影。那里有我的恐惧，我的孤独，我的回忆，我被海底猛兽亲吻的伤疤。

月亮又开始落泪了啊——

我再也没有停下。

※　作者手记

《海水珍珠》里所描绘的场景是依靠阅读与幻想而成的，我从未去过阿拉伯海，但我读过关于采珠人的艰辛故事，他们一代又一代与大海形影不离，相依一生。采珠是一件很危险的工作，面对海中危险鱼类和海水压力，越往深处海水温度越低，海水压力直接作用于人体内部，容易造成身体不同部位的组织器官损伤，如此恶劣的采集环境，生命难以保障，我感叹于采珠人的勤劳刻苦，以及这个群体应对逆境的坚韧心态和冒险精神，于是在阅读的世界里创建了幻想的楼阁。

冲

坐在房间里和坐在阳台上是不一样的，坐在阳台上和坐在车上也是不一样的。

房间里是一片空荡荡的安宁，平静、毫无波澜。阳台上有太阳或者雨，那是即便你闭上眼睛都能感受到的自然。疫情期间的这一个多月以来，356 就在这两个地方徘徊度过。后来阳台大概被 356 看腻了，赌气地碎了一块儿钢化玻璃。钢化玻璃的碎，是不破裂的，只会变成满是冰裂纹的艺术品。

冰裂纹带来的后果就是，从此一出太阳那块玻璃就会无限反射着阳光，灼眼得很。

那以后阳台也就不是一个好去处了。

于是 356 乘着车，用轮子踏春去。

后座上的 356 像在阳台的藤椅或是房间的木椅上一样，就那么坐着。腿不完全并拢也不大敞开，用较为舒适的姿势随意伸展着。不过因为有前座的存在没法太过伸展，膝盖总是屈的。

　　尽管是精心摆出的舒适姿态，也得不一会儿就换个姿势，避免腿麻。坐在家里很久的356，腿是很容易麻的。他若是发了会儿呆，用了个不怎么好的姿势抑或只是在做什么不容分心的事，不消片刻，脚尖、小腿和大腿就会一阵麻意。

　　他试过忍着这股麻意不管，但不管就意味着更加专注地保持这个姿势，越是注意就越是难受，直到两条腿尽是剧烈到几乎让他的腿颤抖的麻，356终究还是忍不住了。

　　所以最好的方式还是不时地调换姿势，356想。

　　好久没启动的车里有股不新鲜的味道，于是开着车窗让风不断降落在不堪重负的羽绒服毛领上。和昨日的阳光擦肩而过，今天遗憾地是个灰色的天。坐在车上和坐在阳台上都能跟树丛比肩，隔着道玻璃的观光围墙；都能闭着眼睛听到阳光。只不过车身的颠簸与发动机的轰鸣不像抽油烟机闷闷在遥远身后厨房的低语，它代表着356在路上。

　　只是在路上。这点可以给356带来很大的安全感。不向着什么地方：学校或是家，都不是。车身颠簸着在马路上向前，路边是一闪而过的早春的樱与玉兰和大片大片的树丛，只要不抬头就看不到高楼。

　　356时不时捕捉着沿路的粉色，然后下车踩点。长久的居家使他不再记得哪里有这些颜色，但是路很长，他总能找到。

　　车一路向着前，前不是一个方向，他会随时在任何一个十字路口就任性地拐了弯儿。哪边有粉色他就去哪边，哪边有新绿他就去哪边。偶然看见江堤下面有几株黄色菊花也会驻足，与一辆很拉风的摩托车擦肩也会回首。

356 站在矮矮的菊花丛边上像巨人，也不蹲下身，就低着头看。路边有同样戴着蓝白色口罩的小孩和家长，大呼小叫地惊叹这雏菊真是漂亮。356 收起手机上江堤，这才不是雏菊，这是黄金菊。

有鸟从江这头飞到那头，那么大的翅膀拍打着，356 刚要拿出手机它就消失在云雾里。就算拿出手机也拍不到的，向着暗中作祟的太阳举起手机，费很大劲才能看见照片里的小黑点。356 目送着飞鸟离去甚至有点想张开手臂效仿，然后他就真的张开了手臂。

幼稚又荒唐。

这座城市很安宁，人行道上早已有了大人小孩、猫猫狗狗。天气湿漉漉的，所以樱花也是湿漉漉的，玉兰也是湿漉漉的。356 走过的樱花没有飘下花瓣雨，但是他拿出手机拍照的时候雨珠和他打了招呼。

擦掉手机屏幕上的雨珠，棒球帽的帽檐响起像伞面一样的声音，不一会儿羽绒服的毛领也变得湿漉漉。356 转身回车上，没有跑，也不是走。

雨里的漫步给他带来一种久违的狂想，像是上个春天和上上个春天都曾有的那样。

356 突然地笑起来，于是心里面不再湿漉漉。

这条路 356 闯过无数遍，因为这条路涵盖了好多好多路。江边的路是这条路，公园边的路也是这条路。

以前去江边观潮晚了一步，潮丢给 356 一个背影就跑了。于是

356 果断地疯狂，带着他的车向潮的方向去，直到再也不认识这是哪儿，才停了车奔上江堤去。于是 356 正面截击了江潮，大饱眼福。

以前在路边发现不少奇异的野花，又想采又不敢采，眼疾手快抱下一大捧，把书包里的书抱在手里，野花放进书包里，于是收获了一大捧书和一书包的泥土。

以前回家去从江堤上租一辆自行车，倾着身子向前，很快很快地往家去。沿路的樱花被车轮卷起，于是因为美色停下了脚步，跑到从前似乎没见过的樱花林里去，站了好久好久，最后发现是自己骑过了路口。

以前车后备厢放着风筝。他不怎么会放风筝，只会放了线就在草地上疯跑。不管风筝怎么样，就一个劲儿把无边草坪跑到边，大口喘着气一身快意。

这次他跑得更远，356 戴好口罩下了车，沿着铁丝网再一直一直跑下去，不时地避开那些送外卖或者快递的电动车，他却并没有瞄准什么。他只是在跑着，一如当年扯着风筝线时的那样。不过此时 356 没有扯着风筝，也不在一片很大的草坪上。

雨潮湿他的全身沉默成了云，天上是白亮亮的一片不刺眼的光明。他终于可以抬眼看天空而不被雨水滴进眼睛了。他路过很多人和很多声音，最后才又一路跑回车上。

356 突然又开始想念他的阳台。没有人去砸阳台上那块儿玻璃，不过它还是碎了。它虽然的确是碎了，但却摸不到一条裂痕——有时候一块玻璃碎了不是因为它做了什么遭天谴的事情，而只是因为原材料中含有硫化镍晶体。

无所事事或者大难临头，春天或者冬天，理智或者狂想，快乐或者悲伤。

356 和他的车从江边到城市，从城市到江边，他在冲。

※ 作者手记

疫情肆虐，却无法阻挡春生。少年乘着他的车，用轮子踏春去。在这特殊的几个月里，大家都过着相同而又不同的生活。在家或病房，静候春的狂想。

我想记录下这个特殊的冬与春。人类被自然质疑，面临未知的病毒和那些疯长的数据，我们能做的或许只有冲。

不论终点，异于追逐，在被口罩遮挡而缩小的视野范围内，与春比肩于风中。

附录：祝你春天快乐

——一次开心的对谈

飞鸟与禾：内容制造者。"从不敢擅自标榜，但飞鸟与禾这片还不算大的阵地，确已是一个怀抱新闻理想者应该归属的地方。"

蘅若："蘅若爱写作"公众号作者。时间旅行者、文学爱好者。

飞鸟与禾：

在写作上，总是受到大家的表扬和赞美，你的感觉是怎样的？

蘅若：

很荣幸能受到大家的鼓励，也很高兴自己的作品能被更多人看到，也有一些热爱文学的人来我的公众号下面说，从我的文字里得到了一些力量。对我来说，这当然是很幸福的事情。

飞鸟与禾：

在你看来，写作是为了什么？

蘅若：

张悦然老师在《顿悟的时刻》一书中说，她认为文学和心理学的不同之处，正在于"命名"一事上。文学不是"诊断"，也不是"祛魅"，只是外化治疗者的内心世界。她此处所指的"治疗者"是小说故事的主人公，而在我的理解里，对于读者亦然。我希望通过对生活更加细致的观察，外化这个世界的内心，去引导读者从我的作品里获取一些什么，这也是我一直追求的事。

飞鸟与禾：

说到张悦然，她也是新概念一等奖获得者，发展得很好。对于自己未来的样子，有没有什么预设？

蘅若：

从小我就喜欢做一些有创造性的事情。目前来说我当然很希望成为一个写作者，拥有更多的时间和精力去创作，如果有机会的话，将来可以读一个创意写作专业。当然，我认为未来还有很多种可能，如果以后出现了其他更适合我的选项，也许我也会做出改变。

飞鸟与禾：

在写作上有遇到过挫折吗？如何克服？还是一直对写作是有自信的？

蘅若：

有时候也会遇到卡顿或者瓶颈，但是在我看来这是创作不可避免的。有时候可能缺乏生活体验而无法准确地表述自己想要写的事物，阅读或者进行不一样的生活体验都可以带来新的创作灵感。

飞鸟与禾：

上一次的专访中你提到，你对成年人，尤其是中年人的焦虑与矛盾和少年人的童真、被迫妥协间的关系很有表达欲。可以多聊几句这个话题吗，你观察到的焦虑、矛盾是怎么样的，童真、妥协又是怎么样的？在你当前的认知中，两者的关系怎么去形容，是否有解法？

蘅若：

我在《童话镇》这篇文章中写到过这些矛盾和焦虑，这篇文章最初发表在《中学生》杂志上，也有发在我的公众号上。在我看来，中年焦虑和矛盾都是现实存在的，但它们和童真并不是必然处于对抗状态的。《童话镇》这篇习作的最后，青年人拿起笔像中年人期待的那样开始写童话，我认为这并不是一种妥协，或许应该称之为和解，或者童话故事的幸福结局，就像"公主和王子幸福地生活在了一起"一样，这也并不是其中任何一个人的妥协。和解也许就是这种矛盾的解法之一，《童话镇》这篇文章表达的大概就是我对中年焦虑的一种态度。"童话镇"是美好的，但并不完美。逃离不是这个故事的解法，我们应该学会面对。

飞鸟与禾：

你对"中年焦虑"的感觉是从哪里获得的？

蘅若：

"中年焦虑"已经成为现代社会的一种普遍现象，很多家庭都在面临这种焦虑的考验。我曾在我自己《消失的地中海》一文下看到过这样的一条留言："培训班""升学考"让无数的家庭裹挟其中，也让本该快乐放松的学习变得紧张和压抑。而"剧场效应"正在放大这种紧张和焦虑，使之愈演愈烈。

飞鸟与禾：

你的生活有这样的压力吗？

蘅若：

自然是有的。

飞鸟与禾：

如果选择保送，是不是会轻松一点？

蘅若：

现有的保送体制也是要每场期末考的成绩和中考成绩累积起

来，这让每次考试都显得更加重要，所以选择保送并不会让学习变得更轻松。前段时间我们学校有三名优秀的同学被西安交大少年班录取，这就意味着他们不用再参加中考、高考，而是可以提前按照自己的兴趣去学习专业知识，规划自己的未来。如果我们的体制能够更加多元化，也许就会变得更轻松了。如果日后哪所大学的创意写作专业也勇于做出这样的尝试，说不定我也可以去报名试试看（笑）。

飞鸟与禾：

有心事的时候，会找谁分享？

蘅若：

WPS、好朋友、家人……都有吧。

飞鸟与禾：

现在中学生学习的压力好大啊，明明物质条件变得更好了，可是感觉，大家被束缚得更紧了。

蘅若：

我认为这也和我刚刚说到的"剧场效应"有关，因为大家的物质条件都更好了，所以追求也在不断提升，大家的期望值也比以往的任何一个时候都要高。

飞鸟与禾：

嗯嗯，是的。你说你不想变成只会刷题的学习机器，我可以理解为你正在尝试平衡应试与个人价值的追求吗？如果是的话，其实以我个人观点，人生始终处于各种应试之中，只是形态不一而足，这牵扯出的是一个人生观的问题。

14 岁还是一个会变的年纪，但很想听听你现在对人生是一番怎样的理解。

薇若：

我并不否认应试教育，因为它给绝大多数人带来了相对公平的竞争机会。但在我看来，应试不该是"唯一的出路"，社会应该是多元化的，人生有很多的可能性，而目前路径的选择相对单一。

我现在在做的其实也是一种尝试，我愿意去当一只小白鼠，试试看是不是有一些其他的可能性，也能够通向好的未来。这个尝试不一定是成功的，也并不一定适用于大多数人，但是目前我想坚持自己的兴趣，走走看。

我觉得即便应试教育是枯燥的、乏味的，大多数人宏观上都在同一条道路上行走，但是每个人都有着自己独一无二的微观世界。他们也有着自己的生活、爱好或是梦想，这些微光会带给他们前行的勇气，所以大家才能继续勇敢地走下去。

这也许才是我看到的，想用文字去描摹的那个世界。

飞鸟与禾:

那你现在正在走一条怎样的路?

蘅若:

我也不知道这是一条什么样的道路,但是现在我想坚持自己的兴趣和爱好继续走下去。

飞鸟与禾:

能感觉到你的乐观和内心的力量(笑)。

蘅若:

哈哈,谢谢你。我希望我的文字能够带给人一些力量,愿世上多一些温暖与美好,我的新书也带着这样的愿景在写作中。

飞鸟与禾:

你是从小就很喜欢写作和阅读吗?你觉得是天赋,还是后天的培养?

蘅若:

我记得我读到过这样的一句话,每个人生来都是会写作的,讲述故事的能力应该是我们与生俱来的。

飞鸟与禾：

你能具体说说自己的兴趣和爱好吗？

蘅若：

我喜欢的事情很多，但是大部分并不擅长……

飞鸟与禾：

你提过你从幼儿园起就喜欢编童话故事，这些故事里你时至今日印象最深、自己最喜欢的是哪一个？

蘅若：

大概是幼儿园中班的时候，我编了一个故事叫作"幸运的沙漏"：

传说有一个沙漏，谁看着它的沙子全都流到另一端，就会得到幸运。一个海盗得到了它，海盗看着沙子流了一会儿，就扔到了海里。一个叫美美的小姑娘捡到了，她耐心地看着沙子很久很久，终于得到了幸运。

我当时还总结说，这个故事告诉我们，要得到幸运，必须有足够的耐心。现在想来这也是个很有趣的故事，哈哈。

飞鸟与禾：

《消失的地中海》中的"我"是你吗？

蘅若：

哈哈，不是，只是一种创作。

飞鸟与禾：

可以理解成：你在学校也还是有点压抑的？

蘅若：

小说是虚构的，文中的"我"确实是生活在压抑中的，我想写的是一种现象。

飞鸟与禾：

那现实中，你的校园生活是怎样的？

蘅若：

和千千万万的中学生一样，上课，学习，吃饭，写作业……没有什么特别之处。

飞鸟与禾：

既然没有特别之处，什么会成为你的写作素材？

蘅若：

万物皆可写。

飞鸟与禾：

那你的心情，会被什么事情影响？

蘅若：

比如今天中午我在抢一个乐队的巡演票，十二点是学生票，没抢到，伤心，十三点是成人票，抢到了，高兴！

飞鸟与禾：

哈哈哈，是哪个乐队？为何如此喜欢？

蘅若：

刺猬乐队，他们新专辑的巡演。

他们的歌都是自己创作的，有很特别的地方，充满个性的声音。其实很多歌在忧郁中还透露着积极和快乐的声音，有着一腔少年心气与难得的赤诚，总之每次听起来就会觉得很开心。他们有时候勇于表达小我的感情，却同时能引发时代的共情。这些都是创作者难得的品质。

哈哈，艺术都是相通的。

飞鸟与禾：

最近听到或看到觉得比较有趣的一本书是？

蘅若：

《庞贝古城》，讲述了一个西方古城的故事，在我去浙博当志愿者之前那里也举办过关于庞贝的特展，但是那时候我还不知道相关信息，所以遗憾错过了。令人感到惋惜的是，这座城最后被喷发的火山埋葬了，纯粹地毁灭于自然灾害。

它有着令人惊艳的艺术遗产，同时也有着一座平凡的古城所拥有的生活气息。

飞鸟与禾：

看到你喜欢钢琴、吉他、滑板之外，也醉心中国舞。这是出于对舞蹈技艺的兴趣，还是对传统文化的认同？如果是后者或者两者兼有的话，很想听听你对传统文化的见解。

蘅若：

我确实很喜欢中国舞，小时候学习中国舞是因为喜欢它舞蹈中的姿态美，后来在学习中渐渐认识到中国舞中所蕴含的文化之美，由此更添热爱。我的《扯白糖》《蓑衣英雄》等习作都是围绕一项非遗展开的，我认为这些传统的技艺都是值得尊重和欣赏的，都有着自己的美。虽然也许随着时代的推移，它们中的一部分已经失去实用的价值，但是仍然作为一种文化的沉淀值得被书写和传承。

飞鸟与禾：

如果用几个词语来形容自己，你觉得你是怎样一个人？

蘅若：

哈哈，我还不想给自己贴标签，你觉得我是一个怎么样的人？

飞鸟与禾：

从和你的聊天中，我觉得你非常有教养，而且很乐观，心里有力量，很喜欢你。谢谢你接受了我的采访。

蘅若：

哈哈哈，谢谢你的鼓励，我也很喜欢你！送你一首刺猬的《春天来了》，祝你春天快乐！

幕后花絮

飞鸟与禾：

你就是传说中别人家的孩子（笑）。但我本来很想问出你的烦恼啊啥的，完美得有点不真实了，哈哈哈哈。

蘅若：

哈哈哈哈，小小少年，没啥烦恼，其实很多真实的想法都已经藏在作品里啦！毕飞宇老师说过，"虚构是写作者直面现实的倔强"。

[后记]

告别无夏之年

至此，我的第三本个人作品集也就到了尾声。

这篇后记说来仓促，写于书稿三校稿即将寄出的最后一个晚上。时值大暑，暴雨连连，间夹有湿润的晴空，也有凉爽的夜晚，耳边伴蛙鸣阵阵。距离我笔下的那个"无夏之年"，已经过去了半年多，正是一个烈夏。书稿里的许多文字，是日积月累而成，校对时看来，也会偶觉新鲜或者遥远。我庆幸有文字记录下过往的触觉，好似伸手就能溯回，于是远去的景与人，都仍旧显得亲切。

旧景在心，新景亦有所倒映。升入高中以后，在崭新的环境里，我收获了诸多珍贵的情谊，其情之珍重，此前空想时是难以预料的。书写《无夏之年》期间，其实我在创作上遇到了不少困境。即便有文字莹莹光辉相伴，终觉出几分写作者的孤独，亦品尝追梦者的遗憾。但其实我并不是孤身一人，有太多人曾在我身边停留，给予慷慨的陪伴，鼓舞我远行。

　　《舞勺之年》《追逐光与影的少年》《无夏之年》，这是我目前出版的三本个人作品集，单看名字也不难发现，有其意义不明的关联所在。实则也确含共通之处：是铺陈展开，记录我的成长之路。踏过这三部曲，我能够切身感受到自己的成长，也为此感到高兴；但同时我依然清晰地明白，还有太多不足之处须待继续前行。

　　我并不慌张。天地浩荡，岁月漫长，寸寸风丝丝雨，时间淌过去都会留下痕迹，都会为我所体触。收笔又是启程，我会继续向前，勇敢地追寻我的文学之梦。

2023 年 7 月于钱塘江畔